당신은 꽃이 아니어도
아름답다

당신은 꽃이 아니어도
아름답다

서미태

작가의 말

Prologue

사랑합니다. 땅이 녹으며 싹이 피어날 준비를 하는 시간을요. 단단하고 가벼운 껍질로 몸을 감싼 것이 따듯함을 마중 나가는 시간을요. 눈이 부시지만 온몸을 들어 양팔을 활짝 벌리고, 부끄러움을 씻어 내는 시간을요.

사랑합니다. 밤을 보내고 아침을 맞이하는 시간을요. 포근하고 부드러운 이불 품에서 벗어나 따듯함을 양보하는 시간을요. 피곤이 남았지만 온몸을 들어 양팔을 활짝 벌리고, 하루를 기꺼이 안아 내는 시간을요.

우리는 꽃과 많이도 닮았습니다. 닮았다는 것은 다른 점도 분명히 하겠다는 뜻이겠지요. 피어나려 힘쓰는 꽃을 바라본 적 있나요. 얇은 줄기에 의지해 수많은 꽃잎을 피워 내려 애쓰는 꽃을 기다린 적 있나요. 하루를 버티어 내고 무력한 잠을 청한 적 있나요. 작은 희망에 의지해 꿈을 피워 낼 날을 기다린 적 있나요.

그런 당신은 너무나 아름다웠다는 사실을 알고 있나요. 세상에 물감이 되어 어디서든 색을 더하는 꽃처럼, 당신이 남겨 온 흔적들이 아름다운 그림으로 그려진 것을 알고 있나요. 당신은 꽃이 아니어도 아름답다는 사실을, 누군가 말해 준 적 있나요.

당신은 꽃이 아니어도 아름답습니다. 피어나고 지는 때를 모르고 겨울부터 겨울까지 살아 낸 당신이 어찌 아름답지 않을까요.

2021년 겨울과 봄

서미태

차례

1부

나는 그런 당신이 그냥 좋았다

발 끈 / 내가 당신에게 바라는 / 누구도 아닌 당신을 위해서 / 자세 / 은은하고 따듯하게 / 당신을 생각하며 편지를 마칩니다

2부

그렇게 우리는 따듯한 삶을 살아갈 거야

우리 사랑이 지치면 새로운 사랑을 하자 / 맛없는 만남 / 당신 곁에 오래 머물고 싶다 / 당신을 생각하며 쓴 글에는 당신만이 담겨 있다 / 연필 끝을 적셔 둡니다 / 성숙함과 서투름 / 누구나 말 못 할 사정 하나쯤은 있다 / 사랑에 흠뻑 젖지 말아요 / 편안함과 익숙함 / 사랑한다는 말에 참 서툽니다 / 싸우기 싫다는 이유로 / 오해를 풀 수 있다는 오해 / 당신께 / 시간은 느리고 마음은 아프다 / 우리는 / 우리 집 꽃은요 / 실패가 아닌 연습 / 그림자는 알고 있다 / 죽고 싶다 말하는 당신에게 / 행복은 생각보다 가까이 있을지도 / 겨울에도 꽃은 핀다 / 오늘 밤엔 비가 온대요 / 나는 아직 봄을 모르나 보다 / 우리는 외로움과 멀어지려 애쓰는 삶을 살아간다 / 소심한 O형 / 우연히 만났으니 우히 헤어졌다고 생각할까요 / 두근거림 / 마음이 고픈 건 / 혼자가 혼자를 만나면 / 외로움은 반대말조차 없기에 / 공간은 기억을 담고

기억을 닮는다 / 내가 혼자서 외롭지 않게 / 바다에서 기다린다 / 만남과 대화 / 우리는 챙겨야 할 것이 참 많습니다 / 내가 아닌 당신이 어울리는 곳 / 나와 당신이 우리가 되려면

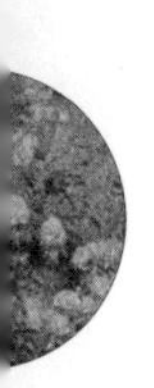

3부

우리는 결국 나와 당신이 되겠다

내가 당신을 사랑하는 이유 / 따듯한 파란색 / 비가 그치긴 했지만 / 단순하게 / 당신을 잊지 않으려 합니다 / 비틀거릴 내가 안길 곳은 어디에 / 그런 순간에도 당신이 미운 내가 참 한심했다 / 숨길 수 없는 비밀 / 당신이 생각나서 / 당신은 잘 지내나요 / 아쉬움이 남아서일까 / 당신도 그랬습니다 / 약속 / 다 잊힐 때쯤이었나요 / 표정 / 못난 사람 / 발자국 / 이별 하나 / 변하지 않는다면 그것이 사랑인가요 / 우리는 산을 오르고 내렸지 / 미련 / 시작과 끝은 침묵이었다 / 오래된 그것 / 이제야 알겠다 / 우리는 마주쳤고 손인사를 했다 / 당신을 오래도 미워했습니다 / 겨울은 느리게 흐른다

4부

우리는 그렇게 봄을 맞이한다

지극히 개인적인 생각 / 눈웃음 / 세상은 넓어서 / 나는 당신이 그렇게 해도 되는 사람이 아니에요 / 그럼에도 불구하고 / 평소대로 행동하면 평소처럼 대할 거니까 / 새까만 밤을 하얀 종이로 만들었다 / 무례한 사람에겐 무관심을 / 앎을 모르고 모름을 안다는 것 / 나이테 / 제자리여도 괜찮아 / 수선화 / 당신이 당신을 포기하지 않길 바란다 / 남들과 꼭 다르게 살아야 하나요 / 그럴 수도 있지 / 후회가 후회를 남기지 않게 / 굳이 그 사람을 좋아하지 않아도 돼 / 언제나 부족하지만 흘러넘치는 것 / 버스가 멈추고 일어나도 괜찮아요 / 문제가 없는데 왜 답을 찾으려 하나요 / 굳이 다른 이유를 찾지 않아도 괜찮다 / 힘들어서 쉬기보다 힘들기 전에 쉬어요 / 나는 지금을 살고 있다 / 이제는 혼자서도 신발을 잘 신습니다 / 쌓아 가는 법 / 이런 사람 저런 사람 그런 사람 / 내일도 결국은 지나갈 하루라는 것을 / 우리 인생은 시험과 같아서 / 같지만 다른 느낌 / 대답은 질문을 따라갑니다 / 있는 그대로 받아들이는 연습 / 생각을 떨쳐내는 방법 / 욕심이 잃게 하는 것 / 일단 물어보세요 / 나도 모르게 상처를 줍니다 / 화를 내는 건 좋지만 화풀이는 싫습니다 / 반갑습니다

1부 나는 그런 당신이

그냥 좋았다

사랑이란 단어가 어색하지 않은 사람아

상상한다
고요한 바다에
발자국을 남기는 것이
내 유일한 표현이라면
나는 모래 위 모두에
바다를 그리겠다
당신이
내 곁을
맴돌 수 있게
사랑이란 단어가 어색하지 않은 사람아
나는 그것을 사랑이라 하겠다

오늘은 괜찮으니까 내일 사랑한다고 말해줘요

걱정은 오늘을 떠나 내일을 향한다. 내일이 올 것은 분명하지만, 당신 마음은 그렇지 않다. 걱정은 늘 당신 마음을 앞선다. 걱정이 남긴 불안함은 당신이 내게 건넨 몇 마디의 말을 흐리고, 그런 날의 밤은 유난히 길어서 별 하나 없는 하늘이 무겁게만 느껴진다. 그러니 오늘은 괜찮으니까, 내일 당신이 사랑한다고 말해주면 좋겠다.

당신의 입에서 나올 뻔한 말을 기다리며

사랑이 아까웠다. 사랑은 함께 나누는 것인데, 나눈다고 해서 손해 보는 것도 아닌데, 나는 그것을 너무 늦게 깨달았다. 뻔한 말은 설득력이 없다고 생각했다. 삼키고 삼키던 뻔한 말을 내가 기다리고서야 깨달았다. 때론 뻔한 말이, 흔하디흔한 사랑한다는 말이, 하루를 뻔하지 않게, 특별하게 만들 수 있다는 것을.

당신은 꽃이 아니어도 아름답다

꽃을 좋아하는 사람은 많다. 그리고 꽃을 좋아하지 않는다고 해도, 싫어하는 사람은 거의 본 기억이 없다. 꽃을 좋아하는 사람들에게 이유를 물으면 다양한 대답을 들을 수 있는데, 의외로 그냥 좋다고 말하는 사람이 많다.

음, 나는 그냥이라는 이유가 좋다. 하나하나 따지지 않고 기분 그대로 말해 주는 느낌이다. 투박하지만 그런 솔직한 감정이 잘 전해지기에, 나도 그들의 대답을 그냥 받아들일 수밖에 없다.

많은 사람이 당신을 좋아했다. 그들이 당신에게 어떤 이유를 말했는지 모르지만, 나는 당신이 그냥 좋았다. 당신은 저 꽃처럼 당신만의 색이 있고, 모양이 있고, 이름이 있었으며 참 아름다웠다. 그래서 나는 당신이 그냥 좋다고밖에 말할 수 없었다. 당신은 꽃이 아니어도 참 아름다웠고 나는 그런 당신이 그냥 좋았다.

당신은 착해요

생각보다 착한 사람 많아요. 당신에게 상처 준 사람, 친구를 울린 사람, 뉴스에 나오는 사람들이 유난히 눈에 띄는 것이지. 세상에 그런 나쁜 사람들이 더 있겠지만, 착한 사람도 얼마나 많겠어요.

내가 무슨 자격이 있나 싶지만, 세상엔 착한 사람 많아요. 나도 그렇고, 당신도 착한 사람이에요. 그러니 조금 더 용기 내도 괜찮고, 조금 더 고개 들어도 괜찮아요.

지금 당신 얼굴에 잔잔한 미소가 지어진다면, 의심하지 않아도 좋아요. 당신은 당신 생각보다, 꽤 괜찮은 사람인걸요.

작은 사람

나는 당신에게 작은 사람이고 싶었다.
아주 작은 사람이 되어서
당신의 삶, 매 순간에
내가 떠올랐으면 싶었다.

그래서 나는 바다에 갑니다

바다에 갑니다. 지나갈 것이 지나가지 못하고 마음에 머물 때면, 그것들이 저 멀리 갈 때까지 나도 가만히 모래 위에 머무릅니다. 파도는 끝없이 치고, 바다와 나의 간격은 일정하면서 일정하지 않습니다. 그래서 나는 바다가 좋습니다.

바다는 쉬는 법을 모릅니다. 멈춤도 잠시, 후회가 남는지 왔던 길을 늘 되돌아갑니다. 왔던 길이 가는 길이 되고, 가는 길이 왔던 길이 됩니다. 그런 모습이 나를 보는 것 같아 울적해집니다. 그래서 나는 바다가 좋습니다.

바다는 곱슬머리입니다. 앞머리는 특히나 더 꼬여 있습니다. 나도 바다처럼. 마음속 어딘가가 꼬여 있나 봅니다. 지평선 넘어 넓은 마음도 닮아야겠다고 생각을 하는데, 바다는 샴푸도 채 씻지 않고 내게 다가옵니다. 나는 바다를 좋아할 수밖에 없겠습니다.

늘

나의 외로움이 바라보던 곳은
누군가의 품이 아닌, 당신 품이었고
나의 외로움이 바라던 것은
누군가가 아닌, 당신이었다.

감정을 숨기지 않아도 되는 새벽이 좋아서

힘든 하루였다. 이 신발에는 검은색 양말을 신어야 한다고, 아침부터 여기저기 온 집안을 다 뒤졌다. '어제 미리 좀 챙겨두지'라는 잔소리를 등에 업으니, 오랜만에 아침에 샤워한 보람도 없이 등에서는 땀이 줄줄 흘렀다. 그 난리를 치고 나왔음에도, 낮에는 어제부터 먹고 싶던 냄비우동을 주문해 먹었다. 국물 한 입 떠먹고는 그냥 라면 먹을걸 그랬나 후회하긴 했지만.

평소 퇴근 시간보다 조금 일찍 나와 버스를 기다렸다. 퇴근 시간에만 버스에 사람이 가득 차는 게 아니거니와 퇴근 시간에만 차가 막히는 것도 아니었나 보다. 사람이 가득한 후끈한 버스 안에서 한참을 서 있었다. 오늘 하루 일이 끝났다고 마음은 가벼웠는데, 피곤한 탓인지 몸이 참 무겁게 느껴졌다.

서면에서 영어 스터디를 끝내고, 사람들과 함께 가볍

게 한잔했다. 가볍게 마시고 지하철을 탔는데, 늘 내리던 역에서 시간을 보니 12시가 넘어 있었다. 한동안 12시를 넘기지 않고 잠에 들었는데, '내일은 고생 좀 하겠다.' 생각하며 집으로 발걸음을 옮겼다.

버스도 끊기고, 거리에는 사람이 없고, 신호등은 노란 불만 반짝거린다. 오늘따라 집으로 가는 오르막이 버겁다. '힘들다.' 아무도 없지만 아무도 듣지 못할 만큼 작은 소리로. 감정을 숨기지 않아도 되는 새벽이 좋다. 하루 종일 품고 있던 말을 눈치 보지 않고 말할 수 있는 새벽이 좋다. 가벼우면서 찹찹한 공기가 마음에 들어오고 나가는 모양이 부드러운 새벽이 좋다.

꽃은 사랑을 말한다

꽃집에서 몇 송이 남지 않은 꽃을 한참 동안 바라보았다. 그중에서도 꽃말을 아는 것이 없어 직원께 묻고 듣길 반복했고, 나름 아름답게 꽃 몇 송이를 묶어 내었다. 빨간 장미 두 송이와 이름이 기억나지 않는 장미와 비슷하게 생긴 하얀 꽃 한 송이 그리고 안개꽃 수북하게.

꽃을 다발로 묶는데 꽤 시간이 걸렸다. 당신에게 느낀 감정들을 모아 사랑인 것을 깨닫기까지 오랜 시간이 걸린 것처럼. 오래 바라보다 꺼낸 꽃을 하나로 묶는데도 많은 고민이 필요한 듯했다. 그래도 내 마음은 사랑이어서, 하나가 된 꽃다발은 사랑을 말하고 있었다.

꽃은 준비가 되었는데, 언제, 어디서 건넬지 새로운 고민이 머릿속을 채웠다. 마음이 언제 시들지는 아무도 알 수 없기에, 어서 마음을 전하고 싶었다. 당신 마음이 아직 피어나지 않았다고 해도, 내가 전하는 마음이 당신 마음이 피어나는데 거름이 되지 않을까 하는 마음으로.

우여곡절 끝에, 나는 당신에게 꽃을 건넸고, 당신은 꽃을 부드럽게 안았다. 우리는 아무 말 없이, 서로 눈을 마주 봤고, 함께 은은한 꽃향기를 맡았으며, 아마 같은 마음을 가지고 서로를 오래 동안 안고 있었겠다.

다행히도 우리는 사랑을 준비하고 있었고, 그 사랑은 묻고 들을 필요 없이 우리를 감싸고 있었다.

서툴게 접힌 달이 우리 같아서

당신과 내가 보고 있는 달이 반으로 접혀 있습니다. 반듯하기보단 서툴게 접힌 달이 꼭 우리 사이처럼 보입니다. 하나로 포개어지고 싶지만, 혹시나 마음을 들킬까, 그런 마음이 꼭 저 하늘에 달 같습니다. 오늘은 구름이 우리를 가렸으면 합니다. 서툴다는 핑계로 당신 손을 잡았으면 합니다. 어둑한 이 밤에 우리를 비추는 건, 저 달이 아닌 우리 서로가 되었으면 합니다. 나는 당신을 보고, 당신은 나를 봤으면 합니다. 우리가 서로를 마주하면 참 좋겠습니다.

둥근 당신이 좋습니다

거울을 보면 나는 참 모난 사람입니다. 모난 거울이든 둥근 거울이든 내 모습은 변함이 없습니다. 그런데 당신은 내가 둥근 사람이라고 합니다. 나는 당신에게 거울을 보라며 내가 모나지 않냐 묻지만, 당신은 언제나 둥글다고 답합니다. 오히려 자신이 모난 사람이라고 말하는 당신이, 내게 둥글고 둥근 사람으로 보입니다. 당신 생각을 하다 보니 당신이 나를 둥글다고 한 이유를 조금은 알 것 같습니다. 내가 당신 입장이 되어 보니, 당신이 참 둥글게 보입니다. 당신도 나의 입장이 되었으니, 내가 둥글게 보였겠지요. 나는 당신이 당신은 내가 되며, 나와 당신은 우리가 되어 갑니다. 그들이 우리가 둥글다고 하는 이유도 조금은 알 것 같습니다. 나는 둥근 당신이 좋습니다. 둥근 우리가 좋습니다.

우리 약속은 연필로 써 두어요

우리 약속은 연필로 써 두어요
설레는 마음 꺼내다 사각이며
부끄럼은 나중에 지울 수 있게

우리 약속은 연필로 써두어요. 설레는 마음 꺼내다 사각이며, 한 글자 한 글자 차분하게 써 두기로 해요. 삐뚤하게 튀어나온 부끄러움은 나중에 지울 수 있으니까, 마음을 숨기지 않고 솔직하게 쓸게요. 삐뚤하다고 표현한 부끄러움도, 설레는 마음이 마중 나온 것이니, 지우지 않고 가만히 두는 것도 괜찮을 것 같아요.

당신을 만나는 날에는 약속 시간보다 조금 일찍 집을 나서기도 해요. 기다리는 시간도 나는 좋아서, 연필로 써 둔 약속 시간을 조심스럽게 몰래 지워 내고 다시 써 두기도 해요. 가끔 당신이 늦을 때면, 그런 때도 조심스럽게 지우고 다시 당신에게 맞추어 시간을 써 두어요. 그러니 조금 늦었다 해도 서두르지 않아도 괜찮아요.

우리는 많은 약속을 했어요. 그 약속들을 지키려 하겠지만, 지킬 수 없는 약속도 분명 있겠지요. 지울 수 없는 것으로 우리 약속을 써두었다면, 약속을 지키지 못할 때, 그 페이지는 찢어버리거나, 썼던 것으로 아프게 그어야 할 거예요. 하지만 우리는 연필로 써두었으니, 지키지 못한 약속이 있을 땐, 부드럽게 대화하며 조심스럽게 함께 지우기로 해요. 서로 마음에 상처주지 않으며, 지운 곳에다 새로운 약속을 가볍게 쓰기로 해요.

다른 누군가는 우리에게 연필로 써둔다면, 지우면 그만이라고 말할 수도 있어요. 하지만 우리는 그만큼 서로를 믿기에. 혹여나 지워진다 해도, 우리가 써둔 자국을 따라 덧쓰면 되기에. 아무 걱정 않아도 좋아요. 약속을 지키지 못하면 어떡하지 하는 걱정보다, 서로를 믿는 마음을 가지고 편안히 대화할 수 있는 우리가 좋아요.

우리 약속은 연필로 써두어요. 우리 이름을 연필로 써두어요. 설레는 마음 꺼내다 사각이며, 사랑하는 마음 오래도록 남아있게.

기분이 태도가 되지 않으려면

기분이 태도가 되면 안 된다고 주변에서 말합니다. 하지만 우리의 말과 행동은 기분에 큰 영향을 받습니다. 기분이 좋으면 모난 말이 둥글게 들리기도 하고, 기분이 나쁘면 둥근 말이 모나게 들리기도 합니다.

태도에서는 기분이 묻어나올 수밖에 없습니다. 인물의 감정을 잘 전달하는 배우를 좋은 배우라고 하는데, 연기에 감정이 느껴지지 않고 상황과 어울리는 감정이 느껴지지 않는다면, 그건 어색한 연기가 될 것입니다. 다시 말해, 우리의 말과 행동에는 우리의 감정과 기분이 느껴질 수밖에 없습니다. 우리는 현실에서 연기를 하는 것이 아니기 때문입니다.

그렇기에 나는 당신이 기분을 먼저 말해 주었으면 합니다. 당신이 하는 말과 행동의 이유를 고민할 필요 없이, 당신 기분이 좋거나 나빠서, 내가 당신을 잘 알 수 있게 말입니다. 물론 나도 마찬가지입니다.

좋은 사람이 되는 법

좋은 사람이 되고 싶어요. 나 자신에게 그리고 당신에게도.

나에게 좋은 사람이 되기 위해, 내가 좋아하는 일을 찾아볼게요. 내가 좋아하는 음식을 먹고, 내가 좋아하는 장소에 가서, 나에게 좋은 사람이 될게요.

당신에게 좋은 사람이 되기 위해, 당신이 좋아하는 일을 할게요. 당신이 좋아하는 음식을 먹고, 당신이 좋아하는 장소에 가서, 당신에게 좋은 사람이 될게요.

나와 당신이 우리라면, 내가 좋아하는 것을 당신에게 말할 테니, 당신이 좋아하는 것을 나에게 말해 주었으면 해요.

내가 좋아하는 것을 당신도 좋아할지 모르겠다면, 당신에게 물어볼게요. 마찬가지로 당신이 좋아하는 것을 나도 좋아할지 모르겠다면, 나에게 물어 주세요.

우리가 무엇을 좋아하는지 모르겠다면, 기꺼이 함께 해 볼게요. 당신과 함께라면, 어렵지 않을 테니, 그렇게 우리가 무엇을 좋아하는지 하나씩 알아보아요.

우리가 좋아하는 일을 찾으면, 우리는 서로에게 좋은 사람이 될 거예요. 좋은 사람이 되고 싶어요. 나 자신에게 그리고 당신에게도.

등이 따듯한 사람

등이 따듯한 사람이고 싶다. 따듯함과 반대의 결을 가진 것들을 눈을 마주하지 않고서도 품을 수 있는 그런 사람이고 싶다. 길을 지나가다 마주한 사람이 나를 뒤돌아 봤을 때, 왠지 모를 따듯함을 전할 수 있는 그런 사람이고 싶다. 하루를 마치고 헤어지는 때에 따듯함을 전하는, 다음 만남까지 편안한 기다림을 선사하는 그런 사람이고 싶다.

드물게 부끄러움을 느끼고 자주 행복하자

내일 지구가 멸망한다면 생각할 시간도 없을 테니, 다음 주 정도로 생각하자. 당신만큼은 아니지만, 몇 안 남은 하루를 사랑하며 우리는 살아가자. 저 멀리 미뤄둔 것들을 가까이 가져와 대화하자. 오늘을 당신과 함께하고, 내일을 당신과 함께하자. 하루는 가족을 만나도 좋으니, 다음날 다시 우리는 만나자. 지나간 여름을 잊고, 다가오는 가을을 기다리지 않고, 오늘을 함께하자. 드물게 부끄러움을 느끼고 자주 행복하자. 마지막 소원을 마지막 소원답게, 우리는 그렇게 살아가자.

나는 당신이 그래서 좋더라

나는 당신이 이뻐서 좋더라.
나는 당신이 항상 이뻐서 좋더라.
나는 당신이 일에 집중하는 모습이 이뻐서 좋더라.
나는 당신이 일할 때,
나도 내 일에 집중할 수 있어서 좋더라.
나는 당신이 일을 끝내고,
나와 함께 있는 시간을 온전히 함께해서 좋더라.
나는 당신이 혼자 있는 시간과 함께하는 시간을
구분할 줄 알아서 좋더라.
나는 당신이 좋은 만큼,
나를 좋아할 시간을 가질 수 있어서 좋더라.
나는 당신이 그래서, 이뻐서 좋더라.
나는 당신이 그래서, 항상 이뻐서 좋더라.

위로

침 꼴딱 삼키며 차오르는 눈물을 참아 내는 얼굴을 보는 것은 언제나 쉽지 않다. 그런 당신에게 묻고 싶은 게 많지만, 아무런 대답도 힘든 당신에게 무엇도 물을 수 없다. 내가 할 수 있는 것은 가만히 놔두거나, 당신을 가볍게 또는 꽉 안아 주거나, 나도 당신을 그저 닮아 가는 것뿐이다.

상할 대로 상한 당신 기분이 더 상할 것 같진 않지만, 몇 안 남은 선택지에서도 머릿속은 복잡하기만 하다. 우리 두 눈은 마주친 지 한참 되었고, 양팔은 두 손이 따라가는 대로 갈 곳을 잃은 지 오래다. 그나마 입은 하나뿐이어서, 나를 탓하는 한숨만 그리고 탄식만이 주변 공기를 데울 뿐이다.

미안한 건 나인데, 당신은 잘못한 것이 하나 없는데, 울음에 간간이 섞여 들리는 미안하다는 말이 안타깝다. 안타깝다 못해 내가 당신과 닮아 달라는 표현으로 느껴지는, 나는 기꺼이 당신과 닮아질 수 있다. 마음으로부터 눈물을 길어다 당신과 함께 울어 줄 수 있다. 그렇게 규칙적이던 호흡은 당신 것처럼 불규칙하게 변하고, 균형 잡힌 어깨는 당신을 향해 기울인다.

오늘 당신이 이 시간에 울 줄 알고 약속을 잡은 것은 아니다. 힘든 일은 갑자기 생기는 것처럼, 마음속 응어리는 제 모습을 숨기다 한 번에 밀려 나온다. 쌓였던 것이 많을수록 울음을 토해 내는 데 한참이다. 하나 짚고 넘어갈 것은, 이건 누구의 잘못도 아니라는 것이다.

차라리 몸에 열이 나면서 아파했으면 좋겠다. 그렇게 아프다고 말하는 데 부끄럼이 없으면 좋겠다. 부드러운 피아노 소리가 흘러나오는 방에서 침대에 누워 벽을 가만히 쳐다보고 싶다. 보통 때보다 이른 점심시간에 따듯한 밥 한 숟가락 가득 퍼먹고 싶다.

뜬금없이 머리카락이 흰머리로 새었으면 좋겠다. 시간이 사라졌다 갑자기 나타나, 이제는 떠날 때라고 크게 말해 주면 좋겠다. 힘들었던 시간은 이제 저 멀리서 보이지도 않는다고, 이 세상에 더 이상 없다고, 당신이 그만 울음을 그쳤으면 좋겠다.

나팔꽃

나팔꽃이 가늘한 막대를 타고 올라가는 것처럼
나는 가여운 당신을 두르며 기어올랐다
이쯤이면 다 올랐다고 생각을 할 때쯤
어딘가에 비친 가여운 내 모습을 보았고
소리 나지 않는 나팔을 끝없이 불었다

우리는 분명 슬프겠다

그동안 말하지 못한 것을 글로 썼다. 차마 말로 꺼내지 못한 것을 글에다 써내었다. 말하지 못해 속에 가득 쌓여 있던 것을 글에다 풀어 썼다. 이제 내 속에는 글로도 써내지 못한 것들만 남아 있다. 말하지 못한 것들로 가려 있던 것들이 모습을 드러냈다.

글로도 써내지 못하는 것들은 참 아프다. 누가 들을까 말할 수도, 누가 읽을까 글로 쓸 수도 없다. 어느 정도의 슬픔은 속에 지니고 살아야 하는가 생각한다. 이런 내 슬픔을 꺼낸다면, 다른 누군가 슬퍼할 것이 분명하기 때문이다. 그 누군가가 내 곁에 있는 사람이라면 더욱 그러하다.

나와 같은 고민을 하는 사람이 있으면 좋겠다. 굳이 얘기하지 않아도 모든 걸 알아주는 사람이 있으면 좋겠다. 이런 고민을 어떻게 표현할지 고민하는 것이 가장 힘들다. 그 고민에 대한 답이 나를 모르는, 내 주변 사람을 아무도 모르는 누군가를 찾는 것이어서 안타까울 뿐이다.

슬픈 영화를 즐기는 이유가 이것이었나 보다. 글로도 써내지 못한 것들을 다른 슬픔으로 덮어두기 위함이었나 보다. 누가 들을 수도, 나조차 볼 수도 없게 또다시 숨겨두기 위함이었나 보다.

우리는 분명 슬프겠다. 내가 듣지 못하고, 보지 못했다고 해서 당신이 슬프지 않은 게 아니겠다. 끝내 꺼내지 못한 내 슬픔으로, 끝내 숨겨둔 당신의 슬픔을 느낀다. 당신이 슬픔을 앞으로도 잘 숨겼으면 한다. 그래야 내가 당신의 슬픔을 느낄 수 있기 때문이다. 내가 당신이 되고, 당신이 내가 되며, 그렇게 나와 당신이 우리가 되었으면 한다.

우리는 오래 사랑을 하겠다

나는 욕심이 많은 사람인데, 그 정도가 당신과 비슷해 우리는 오래 사랑을 하겠다. 욕심이 많은 만큼 우리는 서로에게 양보할 수 있는 사람이어서, 우리는 참 오래 사랑을 하겠다. 나는 당신을 생각하며 글을 썼고, 당신은 나를 생각하며 어떤 것을 했을 테니, 우리는 당연히 함께 무언가를 할 것이다. 그것이 사랑이라면, 기대한 만큼이어서 실망하지 않을 것이고, 그것이 사랑이 아닌 무언가라면, 우리는 새로운 기대를 품으며 내일을 기다릴 것이다.

그래서 나는 당신이 좋다

당신은 내게 자신을 좋아하는 이유를 물었다. 나는 '예뻐서'라는 짧은 말로 대화를 맺었지만, 마음속에는 말하지 못한 더 많은 이유들이 있다.

어리숙하지만 촌스럽지 않은 당신이 좋다. 모르는 것을 묻고 답할 줄 알며, 아는 것은 조용히 들을 줄 아는, 그런 당신이 좋다. 나는 당신과 함께하며 모르는 것을 배우고 아는 것은 잊어갔다. 그렇게 나는 당신에게 모르는 것을 묻고 답하며, 아는 것은 조용히 들을 줄 아는 그런 사람이 되었다. 내가 당신을 좋아하는 이유가 그러했던 것처럼, 당신이 나를 좋아하는 이유도 그런 것이길 바라며.

숨기지 못한 마음이 새어 나와 나에게 닿을 때면, 미소를 지어내는 당신이 좋다. 부끄러움을 부끄러이 여기지 않고, 두 팔을 벌려 품을 내어 주는 당신이 좋다. 그 품에 안겨 부끄러움을 숨기기 바빴던 나에게, 충분한 시간을 주어 얼굴에 힘을 빼고 표정을 편안히 지을 수 있어, 나는 당신과 함께 하는 시간이 좋다.

가끔은 아닌 것을 아니라고 정중하게 말하는 당신이 좋다. 당신 문장 안에 단어들은 정중함과 부드러움을 가지고 있기에, 듣는 사람이 상처 받지 않고 편히 품을 수 있어 좋다. 그런 당신이 음식이 입에 맞지 않아 표정 관리가 안 되며 어떤 말을 할지 몰라 고민하는 모습을 보일 때, 당신 마음에 빈틈이 보여 나는 미소를 지을 수밖에 없고, 나는 그런 당신을 좋아할 수밖에 없다.

그래서 나는 당신이 좋다.

달력

달력 사이 스며든 당신이 번지지 않았으면 해서
오래만에 따듯한 밤을 뜬눈으로 지샜습니다
가벼운 아침이 당신에게 도착했으면 합니다

이유

나중에는 당신이 어디 있을지 몰라서
지금 당신 곁에 머무르려 합니다.

편안한 사랑

가끔은 편안함이 오히려 불안합니다. 여운이 긴 불안함과 다르게 편안함은 맺음이 확실해서, 불안함과 편안함의 경계선에서는 편안함이 저 멀리 밀려납니다. 우리 삶에서 편안함을 찾긴 쉽지 않은데, 불안함은 여기저기서 쉽게 볼 수 있습니다.

사랑이 그렇습니다. 사랑은 서로가 함께하는 것이기에, 편안함을 위해선 대화가 필요하고 서로를 믿는 마음이 있어야 합니다. 하지만 그런 대화와 믿음에는 편안함이 선행되어야 하기에, 서로가 불안함을 이겨 내는 것이 앞서야 하고, 또한 그것은 각자의 몫이기에, 사랑은 불안함의 연속입니다.

그래서 나는 당신에게 불안함을 꺼내어 말합니다. 나의 불안함을 들은 당신은 당신의 불안함을 꺼내어 편하게 말합니다. 그렇게 우리는 불안함을 가지고서 편하게 대화

합니다. 불안한 나와 당신이 함께해서, 우리는 편안함을

느낍니다. 나에게는 이것이 편안한 사랑입니다.

사랑은 받을수록 어려지고
할수록 어른이 된다

나는 사랑을 많이 받고 자랐다. 그래서 아주 어렸나 보다. 음, 나는 많이 어렸다. 아마 사랑을 많이 받고 자랐나 보다. 이게 더 맞겠다.

나는 많이 어리다는 이유로, 지금은 잘못이라고 생각하는 실수를 많이도 저질렀다. 어리단 건, 모른다는 이유로 책임을 덜 진다는 것을 의미하기도 하니까. 하지만 그 작은 책임을 지울 수는 없으니까, 나는 사랑을 하려 한다.

나는 많은 사랑을 했다. 그래서 이만큼 컸나 보다. 음, 다시 생각해 보더라도 사랑을 했기에, 이만큼 자란 것이 맞는 것 같다.

나는 클 만큼 컸지만, 많은 잘못을 했고, 여전히 잘못한다. 어리지 않기에, 충분히 알고 있기에, 이제는 책임져야 함을 알고 있다. 그래서 나는 사랑을 하려 한다.

여행 가지 않을래

당신, 나와 여행 가지 않을래. 저 앞장선 설렘을 따라, 서로를 바라보며 밤마다 잠에 들지 않을래. 많이 걷게 되어 피곤한 날에는, 당신이 먼저 눈을 감아도 좋으니, 곁에서 눈을 감지 않을래. 하루 동안 보고 먹은 것들 떠올리는 당신 표정을 보다 잠에 든다면 그것이 행복일 테니, 내게 그런 하루를 선물하지 않을래. 당신 작은 목소리가 우리 둘만이 함께 하는 시간에는 마음에 크게 울릴 테니, 언제나 그렇듯 귀에다 속삭여주지 않을래. 부끄러운 마음이 용기가 되어 우리 감각을 자극하는 때에, 우리는 사랑하고 행복할 테니, 당신, 나와 여행 가지 않을래.

서면 어느 골목에서

바람에 머리카락이 날려도
환하게 웃기 바쁜 당신이 좋다

분홍색 신발 끈

그렇게 뛰다간 넘어질 거예요
넘어지면 아프고 마음은 더 급해지니까
천천히 가도 괜찮아요
넘어지지 않게 주변을 살피며 걸어가요
오늘 신은 하얀 신발에 분홍색 신발 끈이 참 이쁘네요
옆에서 한 번씩 볼게요. 우리 천천히 함께 걸어가 봐요

내가 당신에게 바라는

당신이 하는 말이 들리지 않아도 좋으니, 내 품에 안겨 울어도 된다. 당신 울음이 그쳐도 가만히 안고 있을 테니, 내 품에 안겨 잠들어도 된다. 불안한 내일이 문을 두드리면 내가 나설 테니, 잠시 깨어 하루의 소중함만을 반기면 된다. 행복을 건네주지 않아도 좋으니, 당신이 행복하면 된다.

누구도 아닌 당신을 위해서

정중한 의사 표현에도 선을 넘는 사람들이 있다. 상대방의 무례함이 가장 큰 원인이지만, 안타깝게도 정중한 의사 표현에는 모든 것이 담기지 않기 때문에, 그런 사람에게는 감정을 담아 표현하는 것이 요구된다.

그 사람의 어떠한 태도와 행동에 기분이 어떠하다고, 감정을 직접적으로 전하면, 당신은 그 사람에게 감정을 표현한 것이다. 다만, 당신의 감정을 숨기지 않고 솔직하게 말하는 것이 중요하다.

이미 선을 넘은 사람에게, 그 사람의 감정을 고려하며 기분을 말하는 사람들이 있는데, 그건 어쩌면 당신이 스스로의 선을 넘는 건 아닐까 생각한다. 당신의 감정은 상할 대로 상했는데, 돌려 말하며 알아듣지 못하는 상대에게 직접적으로 표현하지 않는 것은, 스스로를 지키지 못하는 것이다.

물론 사회 문화적으로 참는 것이 적절한 때가 있기도 하다. 하지만, 사적인 인간관계에서, 특히 연인 관계에서 감정에 솔직하지 못한 것은 건강한 관계를 유지하는 데 도움이 되지 못한다. 의사소통은 서로 가지고 있는 생각이 통하는 것인데, 그것은 대화로 이루어진다. 반, 비언어적 표현도 중요하지만, 상대가 아닌 당신에게 적절한 단어를 사용하는 것이 중요하다.

당신이 어떠한 태도로 어떠한 말과 행동을 해서 나의 기분이 이러하다. 나는 당신이 이런 태도로 이런 말과 행동을 하길 바라며, 그런 당신과 좋은 관계를 유지하고 싶다고 차분하게 말해보자. 그럼에도 대화가 통하지 않는 관계는 미련 없이 끊어내자. 누구도 아닌, 당신을 위해서.

자세

뒤척이며 잠들기 편한 자세를 찾는 것처럼
우리 마음이 이랬다, 저랬다 하는 것도
편안한 자리를 찾아가는 것으로 생각해요

은은하고 따듯하게

차를 마시는 방법은 모르지만, 차를 마시는 시간이 즐겁다. 한 손으로 뜨거운 주전자 손잡이를 조심히 잡고, 남은 한 손으론 주전자 뚜껑을 받쳐 낸다. 주전자를 기울이면 찻잔엔 가벼운 김과 따듯한 차가 천천히 물들기 시작한다. 물이 들다 찻잔 입구에 희미해진 표면의 향이 코를 스치면, 잔을 들고 차를 마신다.

차는 금방 질리지 않는다. 자극적이지 않은 음식도 계속 먹다 보면 질리기 마련인데, 차를 마시는 시간은 처음부터 끝까지 좋다. 맛과 향이 은은할수록 끝에는 아쉬움이 남고, 다음 만남이 기다려진다. 차 같은 사람이 되고 싶다. 은은하고 따듯하게, 오랜 시간 질리지 않고 함께 할 수 있는 사람. 끝에는 아쉬움이 남더라도 다음 만남이 기다려지는 사람이고 싶다.

당신을 생각하며 편지를 마칩니다

나는 당신에게서 크게 바라는 것이 없습니다. 그저 변하지 않고, 옆에 있어 준다면 나는 그것으로 충분합니다. 당신이 내게 변하지만 말아 달라고 조심스러운 마음을 보인 날, 나는 당신이 이 한마디를 위해 얼마나 고민을 했을지 생각했습니다. 혹시나 내가 몇 안 되는 그 단어들을 가벼이 여기진 않을지, 그 단어의 무게를 부담스러워하진 않을지, 이제는 내가 당신이 변하지 않길 바라며, 그날 당신 마음을 생각합니다.

나는 당신과 함께하는 시간이 좋습니다. 당신이 말하는 편안함이 그런 것이라면, 나는 변하지 않을 것이고 당신도 변하지 않길 바랍니다. 나는 당신의 웃는 모습이 좋습니다. 지어내는 웃음이 아닌 새어 나오는 웃음을 바라보고 있으면, 나는 변할 거란 생각조차 할 수 없기에, 당신이 변하지 않길 바랍니다. 나는 당신이 간직한 아름다운 마음이 좋습니다. 그 마음을 나 아닌 누군가에게 보이지 않는다면, 나는 변하지 않을 것이고 당신도 변하지 않길 바랍니다.

이제 내가 약속할 수 있는 것은, 내가 먼저 변하지 않겠다는 것입니다. 그래서 당신이 변하지 않길 간절히 바랍니다. 내가 어찌, 당신이 고민한 시간을 감히 흉내 낼 수는 없습니다. 그저 소중한 약속을 먼저 건네준 당신을 따라가려는 것이니, 편안하게 기다려만 주었으면 하는 마음입니다. 그러다 가끔 내가 당신을 앞서간다면, 너그러이 용서해 주길 바랍니다. 그건 내 앞에 당신이 보이지 않으면, 당신을 얼마든지 기다릴 수 있다는 것을 보이기 위함이니, 그럴 땐 가볍게 나를 잡아 주면 좋겠습니다.

내가 당신에게 바라는 것이 없다는 건, 지금 충분히 행복하다는 것이고, 함께할 날을 맞을 벅찬 마음이 두근대는 모양을 서툴게 말하는 것입니다. 가끔 이런 편지를 써내어, 서툴게 말한 것들을 차분히 모아 당신에게 전하려 합니다. 우리라는 말이 나와 당신을 닮았으면 합니다. 당신을 닮고 나를 닮았으면 합니다. 우리는 그렇게 서로

닮아가며 변하지 않길 바랍니다. 변하더라도 함께 변해서, 변함이 변함없이 함께했으면 합니다.

급한 마음이 흘린 단어들을 모아 당신에게 전합니다. 아주 늦은 밤, 당신을 생각하며, 마음이 기분 좋게 젖은 채, 이 편지를 마칩니다.

2부 그렇게 우리는

따듯한 삶을 살아갈 거야

우리 사랑이 지치면 새로운 사랑을 하자

우리 사랑이 지치면, 그땐 우리 무엇을 해야 할까. 지쳤으니, 아무것도 하지 않는 게 서로에게 좋을까. 지쳤음에도, 긴장되고 떨리는 감정이 남는 건 무엇을 의미할까. 아직은 지치지 않았으니, 당신의 손을 잡으라는 의미라면, 나는 두 손으로 당신의 두 손을 잡아야지. 나는 지치지 않았음을, 지친 당신의 두 손을 잡아줄 수 있다고, 내 두 손으로 힘껏 쥐며 말해야지.

그런 내가 부끄러움을 내비치면, 나는 아직 지치지 않았음을, 당신은 내 마음을 믿게 되겠지. 당신도 지치지 않았다고, 잠시 쉬어가는 것이라고 말해준다면, 나는 그제야 따듯한 한숨을 내쉬겠지. 그럼 따듯한 한숨에 데워진 부끄러움이 눈물을 가져오고, 우리는 흐르는 것을 붙잡으려 애쓰겠지.

우리가 다시 사랑을 말하면, 그건 새로운 사랑이겠지.

전에 우리가 했던 사랑은 어디론가 떠나는 것일까. 그럼 새로운 사랑은 무엇을 의미할까. 새로운 사랑이 좋다고 자신 있게 말할 수 있는 사람은 얼마나 있을까. 자신 있게 말하는 사람이 있다면, 우리는 그런 사람보다, 그렇지 않은 사람이겠지. 하지만 우리는 새로움을 기꺼이 맞이하고 그것도 사랑이라 부끄럽게 속삭이겠지.

내일은 오늘과 다른 하루이기에, 우리는 새로운 하루에 새로운 사랑을 하겠지. 우리 생각이 그러하고 마음이 비슷하면, 서로를 안아줄 수 있는 하루가 되지 않을까. 그러면 하루가 가득할 거라고, 숨을 주고받으며 우리는 살아있음을 느끼지 않을까. 노을을 바라보다 어두운 밤이 찾아오면 우리는 조금 빨라진 박자로 대화를 하겠지. 서로의 틈을 틈 없이 메우면서.

그렇게 우리 사랑이 지치면, 나는 나를 하고, 당신은 당신을 하겠지. 다시, 나는 당신을 만나고, 당신은 나를 만나고, 우리는 새로이 우리가 되겠지. 우리가 손을 잡고, 흐르는 것을 붙잡고, 새로움을 맞이하는 시간이 우리의 틈을 메울 것이라고 굳게 믿게 되겠지. 우리는 그래도 꽤 괜찮을 테니, 서로의 마음을 꺼내 보여주겠지.

맛없는 만남

뜨거운 음식은 맛을 느끼기가 어렵다. 날씨가 추워지면 따듯하고 뜨거운 것들이 생각나서, 나도 모르게 손에 호떡이 쥐어 있긴 하지만, 호떡에서는 김이 피어오르고 이내 사라질 뿐이다.

뜨겁기만 했던 만남 또한, 맛을 느끼기가 어렵다. 외롭다는 이유로 나도 모르게 가진 만남은, 나중에 차갑게 식어 버린 빈 공간이 크게 느껴질 뿐이다.

뜨겁기만 했던 만남은 맛없는 만남이 아닐까. 우리는 따스함과 뜨거움을 헷갈려 하고 있는 지도 모르겠다.

당신 곁에 오래 머물고 싶다

오늘은 아무런 약속이 없어서 오래 생각할 수 있었다. 나는 어떤 사람인지, 어떤 사람이 되고 싶은 것인지, 그렇게 어떤 사람이 될 것인지. 시간은 참 느리게 흘렀고, 어색한 여유는 어색한 권태를 가져왔으며, 그렇게 어색한 하루는 나를 어색한 사람으로 만들었다.

지나간 날들은 빠르게 흘러가야만 했던 것인지. 알면서 모르는 척하는 것이 어려운 걸 알면서도, 나는 이 늦은 밤에 다시 어려운 것을 찾는다. 울음을 참으며 웃으려 하는 것이 다음으로 어려운 걸 알면서도.

부러움을 느끼지 않는 사람이 되고 싶었다. 부족함을 인정하지 못하고, 부러운 감정을 지워 내려고만 했다. 부족함은 내 탓이 아니라고, 철없는 생각을 하며, 누군가를 탓하는 게 정작 내 탓인 것은 모른 채.

사랑하는 사람이고 싶었다. 사랑을 사랑하면서, 사랑에는 많은 생각이 담겨있기에, 아무 생각 없이 사랑하는 사람이고 싶었다. 그런 나를 사랑하고, 사랑하는 사람을 사랑하며, 사랑하는 삶을 사랑하는 사람이고 싶었다.

사랑이 무엇인지 당신에게서 알고 싶다. 그렇다고 묻지는 않을 것이며, 말해준다 해도 듣지 않을 것이다. 그저 당신 옆에서, 곁에서 함께 하는 시간 동안 사랑이 무엇인지 느끼고 싶다. 따듯한 마음은 사랑하기에 적당한 온도인 것을 알기에, 당신 곁에 오래 머물고 싶다.

당신을 생각하며 쓴 글에는 당신만이 담겨 있다

나는 당신 같은 글을 쓰고 싶다. 무엇에 쫓기듯이 급하게 읽어 내기보다 여유를 가지고 차분히 읽어 낼 수 있는 글을 쓰고 싶다. 누구나 다가올 수 있는 편안한 문장과 그 문장에는 깊은 뜻이 가득히 담겨 있는 그런 글을 쓰고 싶다. 당신처럼 기억에 스며서, 한 박자 늦은 미소를 지어 낼 수 있는 그런 글이 되었으면 한다.

당신은 내 글 같지 않았으면 한다. 얼굴도 모르는, 읽어 낼 누군가를 걱정하는 마음이 담긴 내 글과 다르게, 당신은 누군가를 마주하더라도 마음이 편안했으면 한다. 배움이 부족해서 이렇게 쓸 수밖에 없는 핑계 가득한 글과 다르게, 당신은 모르는 것이 있더라도, 그것이 누군가에게 당신이 존중받을 수 있는 이유가 되었으면 한다.

이런 당신이 내 글을 읽을 때면, 한 가지 감정만을 느꼈으면 한다. 당신을 생각하며 쓴 글에는 당신만이 담겨 있기 때문이다.

연필 끝을 적셔 둡니다

글을 쓰기 전에 연필 끝을 적셔 둡니다. 쓰다가 마르지 않도록, 오랜 시간 마음에 담아 둡니다. 그럼에도 글이 길어지면 글씨가 옅어지고, 감정이 너무 묻어나면 글씨는 번집니다. 눈에다 힘을 주어야 글씨를 알아볼 수 있습니다. 그럴 때면 미련 없이 종이를 새로 하고, 연필을 마음에 다시 담아 둡니다.

처음부터 다시, 다시 쓰기 시작합니다. 이번에는 읽어낼 사람을 배려해서 문장을 줄이고, 쓰는 사람을 생각해서 감정을 절제합니다. 눈을 감아도 마음으로 읽을 수 있도록 흩어진 단어를 정리합니다. 그렇게 나는 오늘도 글을 씁니다.

당신은 말하기 전에 입술 끝을 적셨습니다. 말하다 마르지 않도록, 오랜 시간 아픈 말이 혀와 입술 사이에 머물렀습니다. 당신의 생각이 길어지면 말소리가 줄었고, 감정이 너무 묻어나면 나는 알아듣지 못했습니다. 그럴 때면 당신은 시간을 되돌려 아픈 말을 다시 입안에 담아 두었습니다.

처음부터 다시, 다시 말하기 시작합니다. 이번에는 말하는 사람을 배려해서 생각하는 시간을 줄이고, 듣는 나는 다신 볼 사람이 아닌 듯이 당신의 감정을 쏟아 냅니다. 귀를 막아도 마음속에선 우리의 추억이 흩어졌습니다. 그렇게 당신은 나를 떠났습니다.

잠에 들기 전에 베개를 바로 합니다. 자다가 깨지 않도록 자리에 바로 누워 봅니다. 우리는 잠에 들기 전, 생각이 많아집니다. 잠에 들지 못하고, 오늘 하루부터 어제 그리고 먼 과거까지 때아닌 여행을 떠납니다.

처음부터 다시, 다시 베개를 바로 합니다. 이번에는 내일과 다가오는 주말 그리고 먼 미래를 생각합니다. 오로지 나만 배려하고, 나만 생각하며 어두운 밤은 천장에다 맡긴 채, 눈을 감아 버립니다. 그렇게 우리는 하루를 끝내고 내일을 맞이합니다.

성숙함과 서투름

이제 성숙하단 생각이 들면 아직 서투른 것이고 아직 서툴다는 생각이 들면 이제 성숙한 것입니다

서투름은 성숙함을 붙잡고 놓아주지 않습니다. 그래서 우리는 성숙해도 서투름을 느낍니다. 서투름의 무게를 느끼며 무거운 걸음을 옮깁니다. 걸음을 옮기며 서투름이 하나, 둘 떨어지면 우리는 비로소 성숙함을 느낍니다.

하지만 성숙함은 서투름을 초대합니다. 성숙함이 선물한 여유로움은 불안함이란 틈을 만들고, 그 자리에 서투름을 채워 넣습니다. 시간이 지날수록 무거워지는 걸음에 우리는 다시 서투름을 느낍니다.

누구나 말 못 할 사정 하나쯤은 있다

누구나 말 못 할 사정 하나쯤은 있다. 얘기할 사람이 없어서, 이게 정말 고민인가 싶어서, 가끔은 나도 나를 믿지 못해서, 이런저런 이유로 입을 다물고 가만히 있을 때가 있다.

내 사정은 오로지 내 것이어서, 당신은 나를 이해하지 못한다. 당신의 사정이 궁금하지만, 내가 차마 당신에게 묻지 못하는 이유도 마찬가지다.

당신이 나를 이해하지 못할까 두려운 만큼, 내가 당신을 이해하지 못할까 두렵다. 그 두려움이 커질수록 우리는 입을 닫고 마음을 닫는다.

그래서 우리는 말하지 못한다. 당신만 말하지 못하는 것이 아니다. 나도 그러하며 누구나 그러하다. 말 못 할 사정 하나쯤은 가지고 있어도 괜찮다.

사랑에 흠뻑 젖지 말아요

사랑에 흠뻑 젖지 마라
뜨거울수록 빠르게 타올라
물기 하나 없이 건조할 테니

사랑에 서툰 사람도, 사랑이 고픈 사람도, 그들이 갈망하는 사랑이 벅찬 사람도, 그들 모두에게 사랑에 흠뻑 젖지 말라고 속삭입니다. 사랑은 한 방울씩 마음을 채워 가는 것입니다. 쏟아 내다 여기저기 튀어 버린 사랑은 나중에 지울 수 없는 자국이 되어 버리고, 활짝 열어 버린 마음은 나중에 다시 닫는데 힘이 들어 울어 버리고 말 것입니다.

사랑을 타오르는 것에 비유하기도 합니다. 잔잔한 모닥불처럼 은은한 사랑이 있고, 타오르다 못해 모든 것을 태워 버릴 듯한 뜨거운 사랑이 있습니다. 어느 하나 사랑이 아니라고 할 순 없지만, 나는 은은한 사랑을 택하는 편입니다. 사랑은 뜨거울수록 빠르게 타올라, 물기 하나 없이 건조할 것을 잘 알고 있기 때문입니다.

편안함과 익숙함

책에 얼굴을 가까이 가져다 대면 글을 읽을 수 없습니다. 자세히 보고 싶어서 다가갔을 뿐인데, 저 멀리서 지켜보는 것만 못하게 됩니다. 적당한 거리를 두고서 그 거리를 유지할 때에서야 우리는 글을 읽어 낼 수 있습니다.

사람도 마찬가지입니다. 하지만 사람 사이에 적당한 거리는 단번에 알기가 힘듭니다. 책을 보는 것과 다르게, 우리는 서로가 앞뒤로 멈춤 없이 움직이기 때문입니다. 그래서 대화를 해야 합니다. 나는 지금 정도의 거리가 좋다고, 여기가 당신과 편안하다고, 솔직하게 말해야 합니다.

사랑은 당연합니다. 사랑하는 사이일수록 서로는 움직이기 바쁩니다. 그래서 더 많은 대화가 필요합니다. 당신이 울면 마음이 아프고, 웃으면 마음이 기쁘다고. 천천히 그리고 자주 서로가 마음을 말하고 들어주어야 합니다.

연인에게서 느끼는 편안함과 익숙함은 그런 시간을 견뎌낸 상일지도 모르겠습니다. 서로가 거리를 잘 유지하며, 한 겹씩 벗겨낸 마음이 부끄러움을 이겨 내고 얻어 낸 것인지도 모르겠습니다. 우리 사이는 꽤나 낭만적인지도 모르겠습니다.

사랑한다는 말에 참 서툽니다

나는 사랑한다는 말에 참 서툽니다. 연애했던 누군가에겐 한 번도 사랑한다는 말을 한 적이 없기도 합니다. 조금 더 솔직하게 고백하면, 여태 만난 사람 중에 사랑한다는 말을 전하지 않은 사람이 더 많습니다. 그럴 거면 왜 만났냐는 물음에, 나는 할 말이 없습니다. 단지 내 마음이 그랬기 때문입니다. 미안하지 않으냐고 물으면, 전혀 미안하지 않습니다. 단지 내 마음이 그랬던 것을, 누구도 탓하고 싶지 않습니다. 나는 그저 서투름과 동시에 서투르지 않았기 때문입니다.

나는 사랑한다는 말을 듣는 데도 참 서툽니다. 아직 사랑이 준비되지 않은 때에 사랑한다는 말이 마음을 울리는 모양은, 헤어지자는 말이 마음을 울리는 것과 비슷하게 다가옵니다. 둘 다 어떤 대답을 꺼내야 할지 몰라서, 나는 당황하고 아무런 말도 하지 못합니다. 이쯤에서 대부분 사람은 내가 참 특이하다고, 말하곤 합니다.

나는 당신과 내가 그저 감정에 솔직했으면 할 뿐입니다. 그런 생각이 왜 사랑까지 번지느냐고 물으면, 이번에도 단지 내 마음이 그러하다고 대답할 뿐입니다. 그럼 나는 사랑한 적이 있기는 한 것이냐고 물으면, 그렇다고 자신 있게 말합니다. 누군가를 사랑했기에, 마음을 다해 사랑하고 아주 많이 아팠기에, 사랑을, 그 아픔을 다시 입 밖으로 꺼내는데 서두르지 않을 뿐이라고 답합니다.

사랑하는 마음이 없어도 괜찮습니다. 사랑하는 대상이 사람이 아닌, 일 또는 다른 무언가여도 마찬가지입니다. 단지 마음이 이끄는 대로 한다면 아무 문제가 없다고 생각합니다.

서툴러서 서두를 수 있습니다. 그렇다고 서투르다 해서 서두를 필요까지는 없는 것입니다. 어쩌면 서두르기에 서툴러지는 것은 아닐까 생각해 봅니다. 나는 사랑에 서툴러서 서두르지 않습니다. 당신에게 서툴러지고 싶지 않기 때문입니다. 나 그리고 우리에게도 말입니다.

싸우기 싫다는 이유로

싸우기 싫다는 이유로 대화를 피하는 것은, 오히려 그 사람과 관계를 악화시킬 가능성이 높다. 싸우기 싫다면 대화를 통해 서로를 이해하는 시간을 가져야 한다. 싸우기 싫어서 대화를 피하는 것은, 애써 화를 참고 있는 그 사람을 당신과 싸우고 싶게 만들 뿐이다.

대화가 통하지 않는다면, 정중하게 관계를 끝내어 싸움이 일어나는 것을 방지해야 한다. 피하고 싶다고 해서 매번 피할 수 있는 것도 아니고, 피하기만 하다 언젠가 한 대 맞는다면 당신은 발끈할 것이 분명하기 때문이다. 아직 서로의 말이 아프지 않을 때, 대화하는 것을 적극 권한다.

하나 더, 싸우기 싫은 것과 대화하기 싫은 것을 구분하여 자신에게 물어볼 필요가 있다. 그러고는 당신의 태도를 명확히 하여 의사를 전달하자. 대화조차 싫다면 냉정히 보일지라도 '나는 당신과 대화할 생각이 없음'을 전하

자. 싸우기 싫은 것이라면 '나는 당신과 싸우고 싶지 않고 대화로 서로에게 쌓인 섭섭함을 풀고 싶음'을 전해보자.

그 사람과 당신 모두를 위해서.

오해를 풀 수 있다는 오해

오해는 당신과 그 사람이 다르기 때문에 생기는 것이다. 같은 상황을 보고, 같은 말을 들어도 우리는 각자 자신의 입장에서 먼저 생각하기 때문에, 그것들을 다르게 받아들일 수밖에 없다. 배려하고 양보한다고 하더라도 일단 자신에게 먼저 들어온 정보이기 때문에, 우리는 그런 과정을 거스를 수 없다. 그래서 우리는 대화한다. 서로의 생각을 들어 보고, 자기 생각을 말하며 서로에게 다가간다.

하지만 대화를 한다 해서 항상 서로에게 다가갈 수 있는 것은 아니다. 오히려 대화할수록 서로의 간격이 멀어지는 것을 느낀 적이 있을 것이다.

당신이 그 사람의 다름을 인정하고 존중하며 다가가려 노력했음에도, 그가 뒷걸음질만 친다면 그건 그 사람의 잘못이다. 물론 당신이 그 사람의 다름을 인정하지 못하고, 또는 도저히 인정하고 싶지 않다면, 그건 당신의 잘

못임과 동시에 어쩔 수 없는 것이다. 당신 마음이 그런 것을, 어떻게 할 방법은 어디에도 없다.

즉, 우리는 오해를 풀 수 있다는 오해를 하면서 살아가고 있다. 때론 풀 수 없는 오해가 있다는 사실을 애써 외면하며, 어떻게든 오해를 풀어 보려 고민하고 걱정하며 살아간다.

모든 오해를 풀 필요는 없다. 그리고 모든 일이 논리적으로 흘러가지 않는다는 것도 알았으면 한다. 당신의 입장에선 논리적이고 합리적인 어떤 것이 누군가에겐 아닐 수도 있다는 것이다. 반대인 경우도 당연하다. 당신이 이건 도저히 말이 안 된다고 생각하는 것도 누군가에겐 아주 논리적이고 합리적일 수도 있다.

우리는 서로 다르고, 그렇기에 생각도 다르다. 풀리지 않는 오해에 너무 힘들어하지 않았으면 한다.

당신께

정말 힘들고 나쁜 일이 아니라면 우리 세 번은 해 보자.

처음에는 처음이란 설렘을 가지고서 해 보자.
두 번째는 다음이 있다는 여유로운 마음으로 해 보자.
마지막엔 마지막이란 아쉬운 마음으로 해 보자.
그리고 아쉬움이 남는다면 이제 편한 마음으로 해 보자.

당신이 괜찮다면 우리도 세 번은 만나 생각해 보자.

처음에는 처음이란 설렘을 가지고서 만나 보자.
두 번째는 다음이 있다는 여유로운 마음으로 만나 보자.
마지막엔 마지막이란 아쉬운 마음으로 만나 보자.
그리고 아쉬움이 남는다면 우리 이제 편안한 마음으로 만나 보자.

시간은 느리고 마음은 아프다

무엇 때문에 힘든지 알 수 없을 때, 그 알 수 없는 기분은 오래 간다. 시간은 느리고 마음은 아프다. 잠들기까지 한참이 걸리고, 한 번 눈을 감고 뜨면 아침을 맞는다. 알 수 없는 기분이 나를 알 수 없는 하루에 밀어 넣는다.

괜찮다고 말하기에는 양심에 찔린다. 알 수 없는 기분이라 해도, 좋지 아니한 것은 분명하기 때문이다. 비는 가늘어지며 그칠 때를 알려 주는데, 기분은 그렇지 않다. 변화를 느낄 만큼의 여유도 없는 것인지, 마음 우산을 펼치고 젖지 않으려 애쓰기만 바쁘다.

우리는 해가 천천히 뜨는 것을 알고 있다. 저 멀리 어둠에서부터 희미한 빛을 보이며 우리 잠을 천천히 깨울 것을 알고 있다. 그 시간이 언제인진 알 수 없지만, 언젠가 해가 뜬다는 것은 분명히 알고 있다. 우리는 그동안 자주 느린 밤을 보내고 아침을 맞이했기에.

우리가 바라는 건, 하루에 셀 수 없이 웃는 게 아니라 하루를 웃으며 마무리하는 것이다. 집에 돌아와서는 우산을 접고 따듯한 밤을 맞이하는 것이다. 흠뻑 젖은 옷은 결국에 말리면 된다. 이왕이면 깨끗하게 세탁하고, 해가 뜨길 기다리다 펑펑 소리가 나게 옷을 털어내 널어두면 되는 것이다.

어제 기분이 안 좋았다고 오늘도 기분이 안 좋을 이유는 없다. 어제 하늘이 어두워서 오늘 하늘도 어두울 이유는 없다. 어제 웃지 못했다고 오늘도 웃지 못할 이유는 없다. 어제 옷이 흠뻑 젖었다고 오늘 옷도 젖어야 할 이유는 없다. 어제 마음이 아팠다고 오늘도 마음이 아파야 할 이유는 없다.

우리는

가끔, 우리는 언제나 일을 해야만 하는 존재는 아닐까 생각합니다. 무언가를 함으로써 감정을 느끼고, 감정을 느낌으로써 살아있음을 느끼는 존재. 살기 위해서 때로는 슬프고 힘들어하는 존재. 그래서 서로를 위로하고 공감하는 일이 필수 영양분인 존재. 그게 나와 당신 그리고 우리가 아닐까 생각합니다.

우리 집 꽃은요

우리 집에는 화분이 많고, 꽃이 많아요. 피어난 날은 다들 다르고요. 모양은 다른 듯하며 닮았어요. 꽃들은 우리처럼 사랑을 하고요. 가끔 미운 마음으로 질투도 해요. 그러다 시간이 지나면 하나둘 잠이 들다가 모두 잠이 드는데, 누구 하나 일어나지 않아요. 맞아요, 꽃은 우리와 닮은 듯하며 결국은 다르지 않아요.

실패가 아닌 연습

오늘 하루 당신이 힘들었던 건, 성공하고 싶은 마음 때문이었나요, 실패가 두려운 마음 때문이었나요. 24시간도 채 되지 않는, 단 하루가 무엇 때문에 이리도 힘들었을까요. 우리는 같은 마음이겠습니다. 당신이 어떤 일을 하고, 어떤 일을 앞두고 있는지는 모르지만, 우리는 걱정과 고민으로 싸우고 있겠습니다. 하지만, 우리는 잘 할 수 있을 것입니다. 듣기 좋으라고, 읽으며 위로받으라고 넌지시 건네는 응원이 아닙니다.

성공의 반대말을 실패가 아닌 연습이라고 생각해 본 적이 있나요. 어쩌면 우리가 그동안 겪어온 실패들이 연습이었는지도 모르겠습니다. 어찌 되었든 오늘 하루를 견뎌낼 수 있었던 건 그동안 당신이 해낸 연습 덕분인지도 모르겠습니다.

끝없는 연습이 반복되는 때도 있겠습니다. 충분히 연

습했다고 생각하지만, 다음 날에도 연습이 당신을 기다릴 수도 있습니다. 하지만, 성공도 분명히 당신을 기다리고 있습니다. 마찬가지로 힘든 일이 계속해서 당신을 찾을 수도 있지만, 기쁜 일도 분명히 당신을 기다리고 있습니다. 우리가 살아오면서 번갈아 가며 느낀 다양한 감정들이 증거입니다. 슬프기도 했고, 기쁘기도 했고, 펑펑 울었던 날들과 행복해서 흐느꼈던 날들이 증거가 됩니다.

오늘 하루 우리가 힘들었던 건, 행복한 날이 찾아올 분명한 증거가 되겠습니다. 우리가 함께 연습했던 날들이 분명히 행복을 가져올 것입니다.

그림자는 알고 있다

그림자는 그동안 당신이 얼마나 먼 거리를 얼마만큼 땀을 흘리며 달려왔는지 알고 있다. 당신이 편안할 곳을 향해 달려가는 동안 그림자는 당신의 등을 묵묵히 밀어주었고, 당신이 넘어질 땐 함께 넘어져 주고, 다시 일어날 때까지 곁을 지켜 주었다. 당신의 행동이 어떠하든 잘 따라왔고, 앞으로도 잘 따라갈 것이 그림자의 역할이다.

그림자는 아무런 말을 하지 않는다. 입 모양을 곧잘 따라 하는 걸 보면, 못 하기보다 안 하는 것이 그림자의 선택으로 보인다. 그림자는 제 모습을 감추거나, 다시 모습을 드러낼 때도 아무런 말을 하지 않는다. 그림자가 신경 쓰인다는 사람은 거의 본 적이 없기에, 그림자는 당신을 아주 배려하고 있겠다.

그림자는 만질 수 없고, 아무런 색이 없다. 그림자와 다퉜다는 사람은 본 적이 없고, 그림자는 당신을 조금 더

진하게 할 뿐, 그저 우리 곁에서 제 역할만을 한다. 그래서 그림자를 싫어하는 사람은 없다. 안타까운 점은 그림자를 좋아하는 사람도 아무도 없다는 것이다.

어쩌면 우리는 주변에 그림자 같은 사람을 알아채지 못하고 있을지도 모른다. 너무나 당연해서, 손 가는 길에 느껴지지 않는다고, 그런 사람에게 아무런 감정도 건네지 않고 있다. 당신에게 그림자 같은 사람이 누구인지는 모르지만, 분명 누군가는 당신의 등을 묵묵히 밀어주고 있을 것이다.

내게도 그림자 같은 사람이 있었다. 해가 지고 나서야 깨달은 사실이다. 지금은 그림자가 있던 자리에 서늘하고 건조한 온도만이 남아있다. 그런 흔적도 시간이 갈수록 옅어지는 것을 보면, 나는 또다시 또 다른 그림자를 잃고 있는 건 아닌가 생각한다.

나와 당신은 누가 우리의 그림자인지 알 수 없을 것이다. 하지만, 그림자는 우리를 알고 있다. 그림자가 우리에게 존재한다는 것이 나와 당신 그리고 우리가 오늘을 살아 내고, 내일을 살아갈 이유 중 하나가 되지 않을까.

죽고 싶다 말하는 당신에게

죽고 싶은 사람과 죽음을 기다리는 사람이 있습니다. 죽고 싶은 사람은 무엇 때문에 죽고 싶은지 알지 못합니다. 반대로 죽음을 기다리는 사람은 무엇 때문에 죽게 될 것인지 잘 알고 있습니다.

나는 죽고 싶은 사람보다, 죽음을 기다리는 사람에 가깝습니다. 하지만 언제 다시 죽고 싶은 마음이 들지는 모릅니다. 그랬던 적이 있고, 앞으로 그러지 않을 거라 확신할 수 없기 때문입니다.

당신은 죽고 싶은 사람이라고 합니다. 하지만 당신도 그 이유를 알지 못하니, 나는 당신이 왜 죽고 싶은지 알 수 없습니다. 하지만 당신이 죽음을 기다리는 사람이 되었으면 합니다. 당신이 지금 죽고 싶은 사람이라 해도, 당신 또한 분명 죽음을 기다리던 때가 있었고, 앞으로 그럴 거라 확신할 수 있기 때문입니다.

죽고 싶은 사람과 죽음을 기다리는 사람은 참 어울리지 않습니다. 서로를 바라보며 마음만 아파할 뿐입니다. 어차피 아픈 마음, 아픔도 괜찮으니 당신이 죽음을 기다리는 편에 섰으면 합니다.

나는 당신과 어울리고 싶습니다. 그러니 나와 함께 죽음을 기다렸으면 합니다. 나중에 내가 당신에게 죽고 싶다 말하면, 지금 내가 건넨 말을 잘 가지고 있다가, 그때 나에게 다시 돌려주었으면 합니다. 그러겠다고 당신이 내게 약속해 주면 좋겠습니다.

행복은 생각보다 가까이 있을지도

점심 먹고 나른한 오후 시간. 사람들은 모두 자리에 앉아서 그들의 일에 몰두한다. 다들 일이 바쁜지, 살금살금 밖으로 나가는 나를 아무도 신경 쓰지 않는다. 이럴 줄 알았으면 적게 고민하고 당당히 나갈 걸 그랬다.

밖으로 나가 걷고 싶었다. 별다른 이유는 없었고, 내가 당장 할 수 있는 것 중, 가장 하고 싶은 것이 걷기였다. 사무실 근처에 그럴싸한 산책길이 있는 것을 알고 있었고, 예전에 몇 번 걸어본 적이 있는데도, 참 오랜만이었다.

오랜만이어서 그런지, 참 괜찮았다. 날이 추워서 나를 꽁꽁 싸매던 두 팔을, 이제는 날이 따듯하다는 이유로 자유롭게 흔들며 걷는다. 안에서 밖으로 크게 숨을 쉬며 걷는다. 차림새는 어떨지 몰라도 참 괜찮은 기분이다.

별다른 이유 없이, 밖으로 나가 걷고 싶었던 것처럼.

별다른 이유 없이 기분이 좋다. 시간이 빠르게 흐르길 바라던 조금 전과 다르게, 시간이 느리게 흐르길 바라며, 발걸음을 천천히 옮긴다. 내가 좋아하고, 좋아했던 그 사람에게 바랐던 것처럼. 오랜만이어서 그런지, 이 또한 참 괜찮다.

겨울에도 꽃은 핀다

가을 지나 겨울. 잎마저 다 떨어진 나뭇가지가 어색하지 않다. 겨울은 추워서, 날이 추우면 잎과 꽃은 더 이상 매달려 있기 힘드니까. 차가운 바람에 맞서는 가느다란 가지가 오히려 대견해지는 겨울이다.

며칠 전, 집 앞 나뭇가지에 하얀 꽃이 핀 것을 보았다. 부산은 눈이 잘 오지 않고, 오더라도 쌓이지 않으니, 그것은 분명 꽃이었다. 엄마에게 물어보니, 그 꽃의 이름은 매화라고 한다.

매화는 날이 잠깐 따듯해진 사이에 피어난 걸까. 낮에 비치는 햇빛에 눈이 부셔 잠에서 깨어난 걸까. 우리 사람은 아직 겨울이 다 가지 않은 것을 알고 있는데, 누구 하나 매화에게 알려 주지 않아서, 매화는 호기심을 참지 못하고 일찍이 피어난 걸까.

내일 날씨는 춥다고 하는데, 매화는 추위를 이겨낼 수 있을까. 어떤 사람은 '그러게 왜 그렇게 일찍 피어났냐고' 추위에 떠는 매화를 나무라지는 않을까. 혹여나 매화가 호기심을 이기지 못하고 일찍 피어난 것이 맞더라도, 어느 누가 뭐라 할 수 있을까. 매화는 아무것도 몰랐을 텐데, 정말 매화가 잘못한 것일까.

추운 겨울이 언제 끝날지, 언제 또 다시 추워질지, 아무도 알 수 없다. 그렇다. 원래 시련은 언제 찾아올지 누구에게도 예고하지 않는다. 지금 당신에게 시련이 찾아올지도, 당신은 알 수 없었다. 매화와 마찬가지로 당신의 도전이 시련을 불러일으켰다 해도, 어느 누가 뭐라 할 수 있을까. 매화가 추위에 떠는 것과 당신이 시련에 힘들어하는 것은 어쩌면 누구의 잘못도 아니지 않을까.

겨울은 춥고, 시련은 언젠가 찾아온다. 맞이할 겨울과 시련에 매화처럼 당당하고 자신 있게 당신의 꽃을 피워내길 바란다. 겨울에도 꽃은 필 수 있다고 매화가 우리에게 말하는 것처럼, 당신도 지금 할 수 있다고, 시련을 이겨내고 활짝 꽃피어 낼 거라고 우리에게 말해주길 바란다.

오늘 밤엔 비가 온대요

오늘 밤에는 비가 온대요. 낮부터 흐리다, 해가 떨어지고 어둑해지면 한 방울씩 떨어질 거래요. 한 방울씩 떨어지다, 우산을 써도 옷이 다 젖을 만큼 쏴 하고 비가 내릴 거래요.

이런저런 일로 늦은 시간에 집에 가게 되더라도, 집에 가는 길에 옷이 흠뻑 다 젖더라도, 마음 상하지 않았으면 해요. 젖은 옷은 다시 빨래하면 되니까, 찝찝해진 몸은 샤워하면 되니까, 내일은 비가 그친다고 하니까, 모두 괜찮을 거래요.

그런데 내 마음엔 며칠째 비가 오고 있어요. 하늘에 해가 쨍하고 떠 있는 낮도 흐리고, 차라리 늦은 밤이 더 환하다고 말하면, 그런 내 마음을 이해할 수 있나요. 이제는 우산을 쓰기도 지쳐, 그냥 비를 맞고 서 있어요.

일찍 집에 오게 되는 날에도 마음은 편하지 않아요. 빨래는 무슨 샤워도 하지 않아요. 어차피 내일도 비가 올 테니까. 흠뻑 젖은 나는 다시 흠뻑 젖게 될 테니까. 나는 괜찮지 않아요.

맞아요. 나는 괜찮지 않아요. 사실, 내일도 비가 올지 누가 알겠어요. 그냥 내 마음이 그래요. 차라리 내일은 하루 종일 비가 와서, 누군가 나처럼 젖어 있으면 좋겠어요. 혼자만이 아닌, 누군가가 함께해야 그래야만 버틸 수 있을 것 같아요.

오늘 밤엔 비가 온대요. 당신은 우산을 챙겼나요.

나는 아직 봄을 모르나 보다

나는 아직 봄을 모르나 보다
그래도 봄이라고 꽃은 피는데
누군가 나를 감싸 줬으면 하니까

날씨가 따듯해졌다고 모두 말한다. 나도 그렇게 느끼기에 아니라고 말하진 못하지만 참 씁쓸하다. 사람들은 두꺼운 옷을 벗어 두고 가볍게 걷는데, 나는 여전히 무언가 나를 감싸 주길 바란다. 계절을 탄다는 게, 어쩌면 아직 새로운 것을 맞을 준비가 되지 않아서 그런 게 아닐까. 누군가는 나의 쓸쓸함을 알아줬으면 하는데, 따듯하게 다가와 주길 바라는데, 옷을 벗기에는 어딘가 녹지 못한 것이 아닐까.

우리는 외로움과 멀어지려 애쓰는 삶을 살아간다

나는 자주 외로움을 느꼈다. 그럴 때면 사람 많은 곳을 찾아 걸었다. 내가 살던 곳은 어디를 가든지 사람이 참 많았는데, 그들은 하나같이 짝을 지어 다녔고, 만남을 즐기고 있었으며, 혼자 서 있는 사람도 이내 누군가를 맞이했다. 서울 여행을 온다면 한 번쯤은 들릴만한 곳이어서, 연인이나 친구들과 약속 잡기 좋은 곳이어서 그런지, 그들은 모두 외롭지 않아 보였다.

몇 발 걷다 보면, 길거리 아무 데나 앉아 맥주 따위를 마시는 사람들을 볼 수 있었는데, 그들 중 얼굴이 벌건 사람은 거의 보지 못했다. 다들 나보다 술을 잘 마시는구나 생각하며, 괜히 좁게 느껴지는 이 길을 빠르게 걸어 넘어갔다.

바다와는 거리가 멀어서, 등대가 없으니 가로등을 보고 걸었다. 주황빛은 어둠을 만들었고, 나는 점점 더 조용히 걸었다. 아닐 걸 알면서도, 혹시나 파도 소리가 들리면 고개를 돌리려. 그런 시간이 되면, 나는 시간 가는 줄도 모르고 그렇게 밤새 걷곤 했다.

한참을 걸으면 기차역인지, 지하철역인지 무튼 역이 하나 나오는데, 늦은 밤에 이곳 공기는 늘 묘했다. 넓은 듯 하며 넓지 않은 공터는 밝은 곳과 어두운 곳으로 나뉘어 있었고, 어둠을 차별하는 무대처럼 보였다. 어둠 속에는 아무도 없었지만, 그곳에 있을 때면 괜히 긴장되었다. 무대도 시간이 지나면 편안해지기에, 그 묘한 공기를 몇 번 마시다 집 가는 방향으로 발길을 돌렸다. 이렇게 걷고 나서 집에 도착하면 꽤 피곤해져서, 눈을 감으면 금방 잘 수 있었다.

외로움을 만나면, 나는 사람을 만났다. 사람을 만나고 나면, 또다시 외로움을 만났다. 그때 내 삶은 외로움과 함께 했다. 그런 삶을 다시 앞둔 지금, 나는 외로움과 멀어지려 애쓰고 있다. 우리는 외로움과 멀어지려 애쓰는 삶을 살아간다.

소심한 O형

믿거나 말거나 A형이 소심하다 하지만, 나는 소심한 O형이다. 겉으로는 당당하고 자신 있는 척하지만, 속에는 걱정과 고민이 가득하다.

어떨 때는 A형이 부럽다. 나는 A형이라서 소심하다고 말할 수 있으니까. 나도 모두가 이해할 수 있는 어떤 까닭이 있으면 좋겠다.

아니, 나를 이해해 주는 사람이 있으면 좋겠다. '당신이 O형이라서 그래'가 아니라, '당신이 O형이라도 그럴 수 있어'라고 말해 주는 사람이 있으면 좋겠다.

우연히 만났으니
우연히 헤어졌다고 생각할까요

우리의 만남은 우연이었던가요. 남들이 말하는, 우연이 인연이 되도록 하는 노력은 단지 내 몫이었나요. 인연이 아니라면 우리는 더 만날 수 없는 건가요. 헤어짐은 우연이 될 수 없나요. 우연히 헤어졌다가 다시 만나서, 인연이 될 수는 없는 건가요. 우리가 인연이 될 수 없다면, 우연에라도 머무르길 바라는 것은 욕심인가요.

날씨가 맑지 않음은 우연이지요. 따듯했던 마음이 아파 오는 것도 우연이지요. 잘 가꾼 마음이 홀로 남게 되어 슬픈 아름다움이 된 것도 우연이라 하지요. 나에게는 인연이 없네요. 만남과 헤어짐, 날씨와 마음 모두 우연이 되네요. 그럼에도 내일이 편안하길 바라면, 그것은 우연이 될까요. 인연이 될까요.

두근거림

두려움 사이에 근거를 두면, 마음이 두근거려집니다.
당신에게 필요한 근거는 당신 그 자체라는 것을
당신 사이에 두었으면 합니다.

마음이 고픈 건

배가 고픈 건, 무언가 먹을 것으로 채우면 되지만
마음이 고픈 건, 무엇도 비워 내야 한다.
앞으로 맞이할 추억 없는 날을 기다리며
빈자리의 무게를 무겁게 느껴야 한다.

혼자가 혼자를 만나면

이번 여름은 유난히 매미 우는 소리가 시끄러웠다. 속편하지 못한 일이 많았던 때여서 그런지, 시끄러운 소리는 유쾌하지 않았다. 10월이 되어, 월 앞에 붙는 숫자는 두 자리가 되었고 매미 소리가 안쓰럽게 들리기 시작했다. 짝을 찾은 것들은 저 멀리서 서로 속삭이고 있을 테니, 혼자 남았기 때문에 그것들은 여태 울고 있었겠다.

혼자 남은 것들은 다가오는 가을이 두려울 것이다. 왜냐하면, 어두운 가을만 지낸 그들에게 밝은 가을은 처음일 것이며, 다음번 가을은 없을 것이기 때문이다. 처음이어서 두렵지 않을 수도 있겠다고 생각했지만, 홀로 남겨진다는 것은 어쩌면 가장 두려운 것이기에, 그들은 분명 두려울 것이다. 다음번이 있을지 없을지 모르는 것은, 희망이 되어 주기보다 더 큰 두려움의 이유가 될 것이다.

나는 몇 번의 가을을 아파했다. 물들어 가는 단풍이

쓸쓸했고, 이별을 준비하는 나무 곁에서 여러 번 울고 울었다. 바닥에 쌓인 나뭇잎을 보면서 그것들을 비켜 걸어가느라 땅이 꺼지라 한숨을 내쉬었다. 어쩌면 나의 울음소리를 매미가 듣고 있었을지도 모르겠다. 나의 울음소리를 들은 매미는 어떤 기분이었을까.

혼자가 혼자를 만나면 함께 되는 것일까. 혼자가 혼자를 만나도 혼자는 여전히 혼자가 아닐까. 그렇지 않다면 나의 가을은 왜 그리도 아팠을까.

외로움은 반대말조차 없기에

늦은 밤, 배가 불러 더 이상 아무것도 먹지 못할 때, 우리는 속에 담아둔 말을 서로에게 꺼냈다. 다음 날이 되면 우리가 어떤 말을 주고받았는지 모두 기억은 못 하겠지만, 공간의 색은 분명히 서로의 마음에 남아 있을 거란 따듯한 마음을 가지고.

입을 다물지 않고, 먹고 말하느라 바빴던 저녁때와 달리, 한 사람이 말하기 시작하면 우리는 서로를 가만히 들었다. 가만히 들으며 생각하고, 서로의 감정을 느꼈으며, 바라보는 눈빛을 마음에 조그맣게 써냈다. 밤 도로에는 끼어드는 자동차가 없는 것처럼, 우리는 한 사람의 말이 나오고 들어가는 동안 처음부터 끝까지 서로를 바라보았다.

우리는 멈추지 않았다. 내 차례가 되었고, 당신들에게 미안하지만 나는 지금, 이 순간에도 외롭다 말했다. 내게 외로움은 누군가가 존재함과 관련된 감정이 아니어서, 가끔은 함께한다는 기분을 느낀다고도 말했지만, 외로움은 반대말이 없기에 그것도 잠시라고 덧붙였다. 어쩌면 외로움은 반대말조차 없기에 외로운 것이 아닐까 생각하며.

사랑과 관련이 없는 건 아니지만, 사랑만으로는 채울 수 없는 무언가가 있었다. 그 무언가에 대한 호기심은 나를 이 밤에 가두었다. 무거운 공기를 마시면서 무거운 이야기를 꺼냈기에, 그들의 눈치를 볼 필요는 없었다. 단지, 무거운 숨을 내쉬는 것은 여전히 적응하기가 힘들었다.

다음날, 눈이 부셔 더 이상 하늘을 쳐다보지 못할 때, 우리는 떠나야 했다. 피곤한 발걸음과 따듯한 마음이 꽤 어울리는 아침에 그래도 당신들이 곁에 있어 좋았다. 외로운 마음 곁에 조그맣게 쓰인 당신 이름을 틈틈이 들여다볼 수 있어 좋았다.

공간은 기억을 담고 기억을 닮는다

공간은 기억을 담는다. 그리고 공간은 기억을 닮는다. 그래서 우리는 스치는 공간의 향을 맡고, 기억 속 감정을 느낀다. 기억을 담은 공간은 누구에게도 문을 열어 주지 않지만, 기억의 주인이 지날 때면, 앞을 가로막고서 뒤돌게 한다. 이제는 기억을 가져가라고, 이제는 가져갈 때가 되었다고 끝없이 향을 풍기지만, 후각은 가장 예민하고 가장 먼저 익숙해지는 감각이기에 우리는 모른 척하며 그곳을 지나간다.

다행히도 비가 오고 눈이 오면, 공간을 둘러싼 벽에 틈이 생긴다. 벌어진 틈으로는 많은 것이 새어 나가는데, 결국 그 공간에는 그 기억을 담아낸 사람만이 남는다. 그 사람은 우리와 닮아서, 하지만 지금의 나와는 달라서. 나중에 우리가 그곳을 지날 때면, 어디서 맡아본 듯한 향을 느끼며 작은 답답함을 가져간다. 살아가는 데는 아무런 문제가 되지 않는 아주 작은 답답함을.

내가 혼자서 외롭지 않게

유난히 따듯한 겨울이다
다가올 여름은 시원하면 좋겠다
지나간 겨울이 혼자서 외롭지 않게

유난히 따듯한 겨울이다. 그렇지만 붕어빵은 늘 그랬듯이 입김을 내뿜고, 거리에 나뭇가지는 앙상하기만 하다. 흐르던 물이 얼어 버린 곳은 몇 군데 보이지만, 견딜 만큼 따듯한 것인지 올해도 하얀 눈을 덮고서 잠에 들 생각은 없어 보인다.

내리는 것은 비밖에 없는, 단조로운 도시 부산. 몇 발 뒷걸음치면 울창한 숲이 반기던 내가 살고 있는 집도, 자동차를 삼키고 뱉어 내는 터널이 들어서며 빛을 잃었다. 더 맡고 싶은 것이 사라진, 단조로운 도시 부산.

다가올 여름은 시원했으면 한다. 유난히 뜨거운 여름이면, 흐르는 땀에 겨울을 잊어버릴까 봐. 겨울까지 잊어버리면, 부산은 단조로운 도시에서 영영 벗어나지 못할 것 같아서. 내가 여기서 태어났다는 사실은 무엇으로도 바꿀 수 없으니, 아직은 사랑하는 것을 나중에도 사랑하기 위해 무언가 노력하려 한다.

조금 있으면 겨울은 지나가고, 겨울은 어떤 감정을 가지고 떠나갈까. 어느 곳이든 조용하게 지나가는 것이 있다. 우리는 그것을 붙잡으려 애쓰고, 떠나가는 모습이 눈에 사라져도 마음 아파한다. 나는 그것을 붙잡으려 글을 쓰는데, 다른 이유가 있는 것은 아니고, 내가 할 수 있는 것이 글 쓰는 것뿐이어서. 참 슬프고도 어려운 인생이다. 붙잡을 수 있는 다른 방법을 알고, 내가 할 수만 있었다면 내 삶이 어떠할까 자주 생각한다. 글을 쓰면서 여태 붙잡은 것이 없기에, 결국은, 읽어 내리듯 모두 흘러 지나갔기에.

유난히 외로운 겨울이다. 얇고 두꺼운 옷으로 몸을 감싸지만, 기껏 데운 공기는 입 밖으로 흩어진다. 매서운 추위가 슬며시 다가오다 나를 확 끌어안아 주면 좋겠다. 나를 붙잡고서 놓아주지 않으면 좋겠다. 지나가는 겨울이 혼자서 외롭지 않게. 떠나가는 내가 혼자서 외롭지 않게.

바다에서 기다린다

파도를 덮고
잠에 든다

바다에 누워
깊은 잠에 드는 건

떠났거나
떠날 것을
기다리는 것이다

얇은 물에는
발목이 잠기고

깊은 물에는
가슴이 잠긴다

바다는
아침이 일찍
찾아오기 때문에

우리는 바다에서 기다린다

만남과 대화

혼자 살기에는 넓은 세상이지만, 함께 살기에는 좁은 세상입니다. 혼자 있기를 좋아하는 사람도 가끔 외로움을 느끼고, 외로움을 멀리하는 사람도 가끔은 혼자 있기를 원합니다. 그래서 우리는 필연적으로 누군가를 만나며 살아갑니다.

만남에는 대화가 함께합니다. 처음 보는 사람과는 감정적인 질문을 잘 하지 않습니다. 그래서 대화는 어색하고, 말하는 시간보다 어떤 말을 할지에 대한 고민의 시간이 길어집니다. 그렇게 그 빈자리는 침묵이 대신하게 됩니다.

반대로 감정적인 질문이 오가는 만남에서는, 고민의 시간이 말하는 시간보다 짧아져 머릿속엔 불편함이 빈틈을 메웁니다. 그 불편함이 견딜 만하면 만남은 지속되고, 불편함을 견디지 못하면 다른 누군가를 찾게 됩니다.

우리의 만남과 대화가 이러합니다. 그래서 우리는 틈을 메우는 방법을 고민합니다. 어떻게 하면 자연스럽게 이어지는 곡선을 만들어 낼지, 첫 만남을 앞두고는 잠들기 전에 생각하고, 불편한 만남 뒤에는 이런저런 생각을 하다 잠이 듭니다.

우리는 틈을 메우기 위해 많은 준비를 합니다. 하지만 준비한 만큼 잘 보여주지 못합니다. '나는 당신과 함께할 대화를 위해 이러한 준비를 했다.' 정도면 충분한데, 무엇 때문인지 우리는 준비한 것을 말하는데 참 서툽니다.

어렵게 생각하면 한없이 어려워지는 것이 만남이고 대화입니다. 무엇을 준비했는지를 보여 주려 하기보다, 어떻게 준비했는지를 보여 주면 좋습니다. 당신이 고민해 온 흔적들을 하나씩 꺼내어 보여 준다면, 상대방은 그 흔적을 따라 당신에게 다가갈 것입니다.

우리는 챙겨야 할 것이 참 많습니다

챙겨야 할 것이 많은 요즘입니다. 외출할 때 마스크를 챙겼는지 확인하는 것도 어느새 반년이 훌쩍 넘었고, 그러는 중에도 우리는 살아남기 위해 마스크를 쓰고 땀을 흘리며, 여름이지만 어느 때보다 차가운 현실에 눈물을 흘리기도 합니다.

각자 이유가 있겠지요. 우리는 서로의 사연을 알지 못하고 서로의 공간을 알지 못하지만, 우리가 같은 시간에 살고 있는 것은 서로를 안아 주는데 충분한 이유가 됩니다. 지나간 시간이 애틋하고 다가오는 시간이 두려운 것은 나와 당신 모두 마찬가지라는 사실이, 우리가 한 번 더 눈을 맞추는데 충분한 이유가 됩니다.

각자 믿는 구석이 있겠지요. 우리는 알게 모르게 혼자였다가 함께하곤 합니다. 마음은 늘 앞서거나 뒤처지기에, 충분히 공감하리라 생각합니다. 서두름과 망설임이 이런 마음을 따르는데, 그럼에도 나는 당신을 믿고, 당신은 나를 믿기에 우리는 서두르고 망설여도 언제나 함께하나 봅니다.

각자 행복하길 바라지요. 행복하지 않길 바라는 사람은 없을 거라고 감히 씁니다. 누군가 불행하길 바라는 마음은 정의로움에서 비롯하더라도 어둡고 어둡기에, 좋은 것만 보고 좋은 것만 듣길 바라며 주제넘게 써봅니다.

각자 하루를 살아 냈지요. 우리는 하루를 시작했고 당신이 이 글을 읽을 때면, 하루를 마무리할 때이길 바라 봅니다. 저녁이나 밤에 무엇을 하던, 여유로운 시간이 적당히 흐르길 바라봅니다. 슬픈 문장을 빌려, 누군가에게 간절한 내일을 반가이 맞이할 준비를 하며 하루를 잘 마무리하길 바라 봅니다.

우리는 챙겨야 할 것이 참 많습니다.

내가 아닌 당신이 어울리는 곳

이곳은 당신이 어울리는 곳이라서 나의 숨결이 여기 머무릅니다. 바람이 머리를 쓰다듬고 지나가는 날엔 아랫입술이 튀어나오지만, 바람이 불지 않으면 당신을 맡을 수 없기에 기다림은 끝이 없습니다.

아, 여기는 바다가 근처 합니다. 파도는 돌멩이에 부딪혀 오르며 나를 찾습니다. 나를 찾고 나선 입술을 집어넣으라고 잔소리하는데, 너무 짜서 그때는 어쩔 수 없이 말을 듣습니다. 그런 중에 또 다른 파도는 내가 잘 있는지 살피고 집으로 돌아갑니다.

여기는 따듯하지 않습니다. 단정했던 머리카락은 제 갈 길을 잃고 축 늘어집니다. 그렇다고 잠들진 못합니다. 머리카락도 여기와 어울리는 누구를 기다리고 있나 봅니다. 머리를 쓰다듬고 지나간 바람이 나를 안아줍니다. 지금이 나의 차례인 것을 깨닫습니다.

많이 늦었나 봅니다. 이젠 나를 찾는 파도도 보이지 않습니다. 아무런 잔소리가 들리지 않습니다. 아랫입술을 내밀 수 없습니다. 여기는 내가 아닌 당신이 어울리는 곳입니다.

나와 당신이 우리가 되려면

읽을거리가 많아도 너무 많은 세상이다. 모든 단어, 문장들이 읽히기를 바라고 있다. 하지만 문장을 읽는다고 해서 그 안에 모든 단어가 읽히진 않는다. 단어를 읽었다고 문장 끝까지 모두 읽히는 것도 아니다.

나와 당신 그리고 우리가 그렇다. 나와 당신은 단어이고 우리는 문장이다. 우리를 안다고 해서 나와 당신을 아는 건 아니다. 나와 당신을 안다고 해서 우리를 아는 것도 아니다.

그럼에도 나는 당신을 끝까지 읽어 내려 한다. 당신을 읽고, 읽어 내어 우리가 되었을 때, 나는 읽히지 않더라도 더 바라는 게 없을 것이다. 당신도 나를 끝까지 읽어 냈으면 한다. 나를 읽고, 읽어 내어 우리가 되었을 때, 나와 당신은 사라지고 우리만 남을 것이다.

3부 우리는 결국

나와 당신이 되겠다

내가 당신을 사랑하는 이유

내가 당신을 사랑하는 이유는 당신이 당신이기 때문이고, 당신이 나를 사랑하는 이유는 내가 나이기 때문이겠지. 그럼 우리가 당연히 사랑했다는 사실은, 분명 당신 잘못이 아닐 거야. 지나온 많은 시간에서 이유를 찾는 것은 기껏 정리해 둔 방을 다시 뒤지는 것과 같아서, 복잡하게 생각할 필요 없이 우리는 그저 손을 잡고 이 자리까지 온 것일 거야. 가끔은 이유를 찾는 것도 우리 삶의 의미를 찾는 것과 같아서, 그런 때면 쓸쓸함에 익숙해져야 따듯함을 느낄 수 있다는 당신 말을 되새길 거야. 그렇게 우리는 따듯한 삶을 살아갈 거야.

따듯한 파란색

가장 기쁘고 슬펐던 때를 물어보는 질문에 쉽게 답하지 못한다. 기억을 들여다보고 그중 몇 가지를 선택하는 건 쉬운 일이 아니다. 나름 괜찮은 삶이라고 생각했는데, 기쁜 일을 찾으려 하니 슬픈 일이 앞다퉈 나선다. 슬픈 일은 그냥 지나가는 법이 없다. 울음을 터뜨릴 거라 생각하는지 나를 툭툭 건드리며 시비를 건다. 그럼 나는 더욱 간절하게 기쁜 일을 찾아 기억 속을 헤엄친다.

한참을 헤엄쳐 건져 낸 기쁜 일은 아무리 바라보아도 기쁘지 않다. 슬픈 일 사이에 묻혀 빛을 잃은 것인지, 헤엄치느라 진이 빠져 그런 것인지, 기쁘다 하기엔 어디가 모자란 모양이다. 차라리 꺼내 보이지 않았으면 어땠을까, 애꿎은 물어본 사람만 탓한다.

슬픈 일을 찾을 땐, 애써 부정하기에 바쁘다. 이것도 슬픈 일이라면 도대체 얼마나 많은 슬픈 일을 겪으며 살아온 건지, 삶이 쓸쓸해 보이긴 또 싫다. 아무래도 가장 슬플 때는, 슬픈 일을 찾는데 한참이 걸릴 때겠다. 실제로 슬픈 일이 많았는지, 기쁜 일보다 슬픈 일이 더 큰 감정을 가진 건지는 중요하지 않다.

다만, 슬픈 일을 꺼내어 바라보다, 그때 누군가 옆에 있었던 기억이 떠오르면 그 슬픈 일은 조금은 다른 색을 띤다. 파란데, 따듯한 파란색. 나만 이해할 수 있는 그런 색을. 그 따듯한 색을 바라보면 눈과 마음이 따듯해진다.

아무래도 가장 기쁠 때는, 슬픈 일이 따듯할 때겠다. 소중한 누군가와 함께했다면, 슬픔을 얼마나 크게 느낀 건진 중요하지 않다. 슬픔이 슬픔으로 끝나지 않았음이 그것을 대신한다. 슬픔의 마지막이 따듯하다면, 그건 품에 안을 수 있는 슬픔이니까.

비가 그치긴 했지만

아침이 늘 흐리고, 시원함보단 쌀쌀함이 가까운 나를 당신이 감싸 주어 흐르는 바람이 참 따듯했습니다. 내가 앉고 일어선 자리가 여전히 따듯하다면, 그건 당신이 큰 이유일 것입니다. 반면에 당신을 감싸지 못하고 곁에 자리하기만 바빴던 나는 당신에게 아무것도 건네지 못했습니다. 어쩌면 당신과 나의 거리를 알지 못해, 나의 한쪽 어깨가 젖는 동안 당신이 흠뻑 젖었는지 모릅니다. 당신 곁엔 내가 있어서 비가 그치질 않았나 봅니다.

단순하게

눈에 보이지 않으면, 생각나지 않을 거라 다짐했던 그때처럼 단순하게. 사탕을 입에 넣으면 주사가 아프지 않을 거라 믿었던 그때처럼 단순하게. 당신을 왜 사랑하는지 묻는 물음에 아무 이유도 찾을 수 없던 그때처럼 단순하게.

당신을 잊지 않으려 합니다

당신을 잊지 않겠다는
생각을 잊지 않기 위해

당신을 잊지 않으려 합니다. 당신을 잊지 않으려 글을 씁니다. 나 하나가 작은 점이 되었으면 합니다. 내가 처음 또는 마지막이 아니어도 좋습니다. 중간에 끼여, 짧은 선 어딘가, 내 자리를 지키는 점이면 충분합니다. 나의 앞에 점이 있고, 나의 뒤에도 점이 있습니다. 당신을 잊지 않겠다는 생각을 잊지 않기 위해, 나는 오늘도 하나의 점을 찍으며 글을 써 내려갑니다.

비틀거릴 내가 안길 곳은 어디에

내 사랑 그대, 내 곁에 있어줘.
이 세상 하나뿐인 오직 그대만이
힘겨운 날에 너마저 떠나면
비틀거릴 내가 안길 곳은 어디에

내 사랑 내 곁에(1991) 김현식

사람은 감정의 동물이다. 그래서 늘 어떠한 감정을 가지고 있다. 가지고 있는 감정은 때에 따라 변하는데, 같은 상황을 함께 하더라도 사람마다 가지는 감정은 또 다르다. 그래서 우리는 의사소통을 필요로 하며, 눈짓이 부족한 때에는 입술을 떼어 듣고 말하는 시간을 가진다. 소통이 원활하지 않으면 한 사람 또는 몇 사람의 감정이 넘치게 되고, 우리는 그런 때에 여러 감정을 겹쳐 느끼기도 한다.

내가 헤어지는 때에 가졌던 감정은 당신 것과 같았을까. 내가 가진 감정 중에 가장 컸던 것은, 허무함이었다. 함께한 시간과 공간은 기억에 지우지 못하는데, 지울 수 없음이 이유인지, 가져갈 것이 무엇도 없었기에, 나는 무척이나 허무했다.

헤어지는 때에 당신의 감정은 나와 같을 수도, 다를 수도 있었겠다. 같은 상황을 함께 해도 사람마다 가지는 감정이 다를 수 있다 했으니, 당신이 나와 다른 감정을 가졌다 해도, 나는 당신을 존중할 것이다. 하지만 그런 당신을 이해하기까지는, 나는 부족한 사람이었다. 나는 가져갈 것이 무엇도 없었는데, 당신은 무언가 가져갈 것이 있었다면, 그것은 우리가 헤어진 이유 중 하나일 것이다.

아니, 그것이 우리가 헤어진 이유이다. 나는 두고 온 모든 것을 뒤돌아보지 않으며 앞으로만 걸어갔고, 당신은 두고 가지 못하는, 가져갈 무엇을 찾으며 자리에 오래 머물렀다. 나는 그런 당신을 이해하지 못했고, 당신은 그런 나를 이해하지 못했다. 다른 상황에서야 우리는 같은 감정을 가지고 서로를 바라보았다.

우리 감정이 겹쳤기 때문일까. 가져갈 것 하나 없이, 허무함만 지니고 돌아선 나의 발걸음은 정말이지 무거웠다. 그날은 한참을 비틀거렸고, 내 곁에, 내가 안길 곳은 어디에도 없었다.

그런 순간에도 당신이 미운 내가 참 한심했다

편안한 사람은 누구도 없다. 우리는 모두 아픔을 가지고 있고, 그 아픔이 겉으로 드러나는 사람이 그렇지 않은 사람보다 조금 더 적을 뿐이다.

나는 왼쪽 귀가 잘 들리지 않는다. 처음으로 이어폰을 사용한 날에 그 사실을 알게 되었다. 이어폰이나 핸드폰이 고장 난 게 아닌가 하는 걱정은, 얼마 안 가 나의 청력에 문제가 있는 것이 아닐까 하는 걱정으로 바뀌었다. 동네 병원에서 간단한 검사를 하고 대형 병원으로 가보라는 의사의 말에 걱정은 사라졌고 받아들여야 하는 사실만이 남았다.

시험 문제처럼 느껴진, 어렵고 다양한 검사를 마친 뒤에, 나를 바라보는 주변 사람 시선도 참 쉽지 않았다. 그들의 시선을 느낄 때면, 차라리 걱정만 하던 때가 나았다고 속으로 말하곤 했다. 어지간히도 큰소리로 전해오는

온갖 물음에, 그래도 아프진 않으니 괜찮다고, 괜찮다고 수없이 밖으로 말했다.

기억에 남는 이별이 있다. 당신 역시 편안한 사람이 아니었고, 아픔을 숨기며 살아가는 사람이었다. 그런 당신과 헤어지는 때에, 당신의 아픔이 헤어짐의 이유라는 것에, 나는 아무런 반박도 할 수가 없었다. 아픔을 숨기고 살아오던 나는 당신이 숨겨 온 아픔에 아무런 걱정을 할 수 없었다. 걱정조차 사치이기에, 나는 이별을 받아들일 수밖에 없었다.

그런 순간에도 당신이 미운 내가 참 한심했다.

그날 거리에는 사람이 많았다. 예전엔 기찻길이었던, 지금은 산책길에서 사람들은 기차를 타고 창밖을 내다보는 듯하며 아주 느리게 걸었다. 다만, 나란한 기찻길을 벗어나 자유롭게 걷는 그들처럼, 나도 이제는 선로를 벗어나 나의 길을 걸어야 했다. 하지만, 어떤 이유에서인지 앉은 의자에서 일어서질 못했다. 그저 의자에 앉아, 아랫 공기만 마시고 내쉬길 반복했다. 다행히도 내가 타야 할 기차는 멈추어, 내가 다시 일어설 때까지 한참을 기다려 주었다.

그날엔 나의 아픔이 겉으로 드러나서였을까, 지나가는 사람들의 시선이 잔뜩 느껴졌지만, 속으로도 밖으로도 아무런 말을 하지 않아도 괜찮았다. 어쩌면 나는 기차를 탄 사람들이 바라보는 풍경 그 이상 그 이하도 아니었을지 모른다. 나의 아픔은 그들의 마음에 무언가 심는 씨앗이 아니라, 그저 불어오고 흘러가는 바람이었을지도 모르겠다.

아픔이 그렇다. 아픔은 공평해서 모두를 찾아간다. 가끔은 짓궂은 모습을 보이지만, 아픈 만큼 행복을 가져다줄 거라고 굳게 믿는다. 당신은 아주 행복할 것이다. 아주 행복할 만큼, 아주 아팠으니까. 그런 당신을 생각하는 나는 참 아프다. 그러니 나도 나중에는 참 행복하겠다. 때는 다르겠지만, 나와 당신 그리고 우리는 아주 행복할 거다.

숨길 수 없는 비밀

아무도 모르게 써내었다

나의 그리움이 새어나가
저기 구름에 맺힌다면

그리움이 당신께 떨어지게
나는 당신 이름을 내 쉬겠다

당신이 생각나서

비가 내리면 커튼을 내린다. 말이 안 되는 것을 알지만, 빗소리를 듣고 싶지 않아서. 비 내리는 소리가 싫어서 커튼을 내리고, 어질러진 방과 어지러운 마음을 숨긴다. 당신을 생각하고 싶지 않다고 해서 그럴 수 없는 것처럼, 듣기 싫다 해서 듣지 않을 수 없기에, 내 마음이라도 숨겨보려 커튼을 내린다.

커튼을 내려도 빗소리는 새어 들어와 방안을 채운다. 짧은 예고와 함께 찾아온 비 내리는 시간. 그동안은 시간이 길어진다. 언제 그칠지 모르는 비는 내 마음과 닮아서, 다시 일어나 틈 없이 커튼을 고쳐 내린다. 그렇게 마음을 숨겨 보지만, 어디론가 새어 나온 감정은 방안을 가득히 채운다.

비가 내리면, 당신이 함께한다. 당신은 내 마음을 모르는 것이 분명하다. 손으로 가려도 보고, 두 눈을 감아도 보지만 당신은 내 앞에 사뿐히 서 있기에. 비가 내리면 여기저기가 쑤시다 던 당신이 생각나서 잠에 들지 못하는 밤이다.

당신은 잘 지내나요

연애 경험이 많은 편은 아닌데, 어쩌다 보니 연애 상담을 자주 해왔다. 내가 늦게까지 잠을 안 자는 것을 알기에 그런 것인지, 많은 사람과 대화를 나눴고 그들의 이야기가 머릿속에 가득하다. 그 중엔 내 마음이 함께 울먹인 이야기도 있고, 듣고 있던 내가 더 화를 낸 이야기도 있다. 그 외에도 정말 많은 이야기가 있는데, 참 다양한 사람들이 사는 세상이다.

연애 상담을 하다 보면 의문점이 항상 남는다. 결국은 그들 본인 하고 싶은 대로 할 거면서 내게 상담을 요청한 이유와 내 가치관과는 전혀 다른 결론을 가져가는 사람들에게 드는 생각이다. 후자는, 사람은 서로 다른 생각을 하는 존재이니 충분히 이해하지만, 전자는 상처받은 마음을 위로해주길 바란 것인지, 고백할 용기를 불어넣어 달라는 것인지, 내게도 솔직하지 못한 사람들이다. 그들도 그들의 마음을 모르니까 상담을 요청했겠지, 이렇게 생각하고 대부분 넘어간다. 그렇다고 해서 기분이 나쁘거나 하지는 않기에.

상담을 거듭할수록 내가 답을 정해 주는 건 의미가 없음을 느낀다. 어차피 그들은 그들이 하고 싶은 대로 할 것이기 때문이다. 그들 대부분, 하려고 고민했던 것은 하겠다고 결론 내리고, 하지 말까 고민했던 것은 하지 않는 것으로 결론 내린다. 다시 한번, 우리는 서로 다른 사람이기 때문에 충분히 이해한다. 나는 당신과 다르고, 당신은 당신을 고민하게 만든 그 사람과 다르기에, 내가 당신 마음을 모르는 것은 당연하고, 내가 그 사람의 마음을 모르는 것은 더욱 당연하다.

요즘에는 '당신 하고 싶은 대로 하세요'라고 말하며 상담을 마친다. 정해진 답은 애초부터 없었고, 마음 가는 대로, 하고 싶은 대로 하는 것이 나중에 후회를 덜 남길 것으로 생각하기 때문이다. 그 사람이 잘 지내는지 궁금하면 잘 지내는지 연락하면 되고, 그녀와 헤어지고 싶으면 헤어지자고 말하면 된다. 아직 결론을 내리지 못했다면,

그대로 아무것도 하지 않으면 되는 것이다. 주변 사람들의 경험을 자신과 비교하는 것은 의미가 없다. 그들은 당신과 다르기 때문이다. 물론 그 사람도 마찬가지로.

아쉬움이 남아서일까

오늘 아침에는 잠에서 깨는 것이 참 힘들었다. 개운한 아침을 맞이했던 게 언젠지 기억도 잘 나지 않는다. 씻는 둥 마는 둥 하다 두유 한 팩을 입에 물고 현관문을 열고 나왔다. 엘리베이터를 타고, 문이 열리고, 몇 발 걸어가다, 아뿔싸. 비 오는 것을 알고는 있었는데, 우산 챙기는 것을 까먹어서, 다시 집에 올라가려 엘리베이터 앞에 서니, 가리키는 층은 17층.

비 오는 날에 밖에 나가는 것을 좋아하지 않지만, 출근하자마자 다시 밖으로 나가 집에 가고 싶었다. 점심시간은 느리게 다가온 만큼 쌩하고 지나갔고, 잠시 찾아온 여유 시간에 퇴근하고 무얼 할지 찾아보다, 정작 퇴근하고 나선 피곤한 몸에 이끌려 집으로 왔다.

오늘 내가 해야 할 것은 다 했기에, 하루가 나쁘다고 생각하진 않지만, 좋다고 말할 구석은 또 찾기가 힘들다.

굳이 찾아보자면, 내리는 비에 비해 양말 코만 살짝 젖은 거. 내일 그리고 앞으로 나의 삶이 어떨지 모르겠다. 주변 친구, 동료들은 뭐든 하나씩 이뤄 가는 것 같은데, 나는 계획만 세우고 제대로 실천하는 것이 없다.

요즘엔 밤에 일찍 잠들지 못한다. 주말이 아니면, 다음 날도 일찍 일어나야 하는데 말이다. 아쉬움이 남아서 일까. 남은 아쉬움이 쌓이고 쌓이면 그것은 무엇이 될까. 그리움이 되진 않을 것 같고, 후회 따위가 된다면 어서 해치워야 할 텐데.

그래도 뭐, 오늘 하루도 수고했다.

당신도 그랬습니다

당신 주변에 답답한 사람이 많을 것입니다. 가족이나 지인이라면 '내가 신경을 덜 쓰고 말지'생각할 수 있지만, 직장이나 무언가 함께 일을 하고 있는 사람에게 그렇다면, 그건 꽤나 답답한 일이겠습니다. 그 사람들은 대부분 일을 시작한 지 얼마 안 되었거나, 당신이 그 일에 충분히 익숙하기 때문에 그런 감정을 느낄 것입니다.

그 사람들도 마음 같지 않은 본인이 답답하고, 쉽지 않은 하루를 보내고 있을 것입니다. 중요한 건, 당신도 그랬다는 것입니다. 처음부터 잘하는 사람은 없습니다. 누군가는 당신을 답답하게 생각했을 것이고, 어쩌면 여전히 당신을 답답하다고 생각할지도 모르겠습니다.

며칠 전, 초등학생인 사촌 동생에게 수학을 가르쳤습니다. 어렵지 않게 풀 수 있을 거로 생각했는데, 기본적인 사칙연산도 제대로 하지 못하는 모습에 답답함을 느꼈습니다. 하지만, 동생은 사칙연산을 제대로 배우지 않았기에, 배웠더라도 아직 익숙하지 않기에, 문제를 풀지 못하는 것은 당연했습니다.

새 종이를 꺼내고, 연필을 새로 깎았습니다. 처음부터 다시, 함께 시작했습니다. 더하기와 빼기의 의미를 알려주고, 탁자에 놓여있던 귤을 까 놓고서, 손에다 하나씩 올렸다 내리며 공부했습니다. 몇 문제 풀고 나니 귤의 표면은 다 말랐지만, 그래도 나름 맛있게 동생과 귤을 나눠 먹었습니다.

그 사람이 답답할 수 있습니다. 하지만 차분히 기다리며 조금씩 도와주면, 그 사람도 분명 할 수 있을 것입니다. 시간이 좀 걸려도 괜찮습니다. 귤은 그대로 맛을 품고 있을 것이니 말입니다.

약속

내가 보지 못한 것
내가 듣지 못한 것
그들에게 침묵할 것

아주 솔직한 말이 나올 때는, 보통 이를 소화할 몇 분간의 침묵이 필요하다.
when something that honest is said it usually needs a few minutes of silence to dissipate.
_파멜라 라이번

다 잊힐 때쯤이었나요

다 잊힐 때쯤이었나요. 오랜만에 일찍 일어난 아침, 끼니를 챙겨 보겠다고 냉장고를 열고서 오렌지 주스를 마시다 문득. 달콤함을 남기며 넘어가던 오렌지 주스가 조금은 씁쓸한 신맛을 남기고, 마음에 시린 것이 남아 있나 생각해 봅니다.

미련은 남지 않았는데, 지워 낸 흔적이 여전합니다. 흐려지는 듯하다가도, 눈을 고쳐 뜨고 나면 분명히 남아 있는. 그 흔적을 일부러 지우려 하진 않습니다. 잊힐 때쯤이라고 생각하기 때문입니다.

다 잊힐 때쯤이었나요. 바쁘게 살아가다 하루 쉬는 날에 문득. 어질러진 책상이라도 내 물건은 어디 있는지 어렴풋이 알듯이, 어질러진 마음도 그런가 봅니다. 잊힐 때쯤이라도 손끝에 걸리는 이질감이 마음에도 전해지나 봅니다.

눈물이 나거나 그러하진 않습니다. 하지만 가벼운 장난도 아니지요. 그래도 잊힐 때까지 다시 찾으려 하진 않습니다. 이젠 잊힐 때쯤이니까요.

표정

말은 얼마든지 이쁘게 할 수 있다
내가 당신 말을 믿고, 당신에게 의지한 것은
나를 바라보는 당신 표정이 정말 이뻐서였다.

말을 이쁘게 하기는 쉬웠다. 한 번 더 생각하고, 조금 더 천천히 말하면, 이쁘진 않더라도 못난 경우는 거의 없었다. 내게 어려운 것은 표정이었다. 리액션이라고 하는, 상대방의 말과 행동에 적절한 반응을 보이는 것이 정말 어려웠다.

좋지 못한 상황에 기분 나쁜 표정을 지어야 하는 때라면 오히려 괜찮았을 텐데, 밝은 표정이 어울리는 때에 상대방을 그런 표정으로 맞이하는 것이 힘들었다. 밝은 표정을 짓지 못하는 것은 아니지만, 진심이 아닌 경우에 표정 연기는 내게 불가능에 가까웠다.

나는 그래서 당신이 좋았다. 나를 바라보는 당신의 표정이 정말로 이뻤기 때문에, 나는 당신이 정말 좋았다. 나의 표정이 당신 것만큼 이쁘진 않았겠지만, 당신에게는 진심이었던 것을 당신이 알고 있었으면 한다. 당신에게만큼은 서툴더라도 나의 진심이 전해졌으면 한다. 당신은 그러기에, 충분한 가치를 지닌 사람이었으니까.

그때 그리고 지금, 여전히 표정을 짓는데 어색하지만, 이제는 조금은 편안한 마음으로 상황을 받아들인다. 지나간 것은 지나간 것이고, 지나갈 것은 지나갈 것이기에. 이제는 현재에 집중하여 살아가고 있다. 가끔, 이쁜 표정이 필요한 때에는 그때 당신을 떠올리며.

못난 사람

까닭은 뒤로하고
당신의 슬픔을 기대하던
나는 여전히 못난 사람입니다

발자국

제자리에 돌아오기 늦었다면
지나온 길은 과감히 잊어 내길
떠난 사람이 보이지 않는다면
그 사람 또한 과감히 잊어 내길

이유를 찾기에는 시간이 한참 지났다. 내가 남긴 발자국 위에는 비가 내리고, 눈이 내렸으며, 바람이 스쳤다. 그렇게 발자국은 제 모양을 잃어, 다른 것들과 닮은 자국이 되었다. 그 자국은 서서히 자그매졌고, 지금은 아주 작은 기억이 되었다. 추억이라 말하지만, 나에겐 아무 소리도 들리지 않는.

그 사람을 찾기에는 시간이 한참 지났다. 그가 남긴 발자국 위에는 비가 내리고, 눈이 내렸으며, 바람이 스쳤다. 그렇게 발자국은 제 모양을 잃어, 다른 것들과 닮은 자국이 되었다. 그 자국은 서서히 자그매졌고, 지금은 아주 작은 기억이 되었다. 추억이라 말하지만, 그에겐 아무 소리도 들리지 않는.

그렇게 우리를 찾기에는 시간이 한참 지났다. 우리가 남긴 발자국 위에는 비가 내리고, 눈이 내렸으며, 바람이 스쳤다. 그렇게 발자국은 제 모양을 잃어, 다른 것들과 닮은 자국이 되었다. 그 자국은 서서히 자그매졌고, 지금은 아주 작은 기억이 되었다. 추억이라 말하지만, 우리에겐 아무 소리도 들리지 않는.

이별 하나

약속 시간이 조금은 남아 있는 때에 당신은 카페 안에 앉아 있었고, 카페는 사람들의 대화 소리로 비좁았다. 사이를 비집고 들어가며 당신 앞에 앉기까지 긴 시간이 필요했다. 우리는 어느새 서로에게 익숙해진 긴 침묵의 시간을 마음속으로 세어야 했다. 한 번도 꺼낸 적 없는 이별이란 단어가, 우리에게 별로 낯설지 않았다. 처음인 것엔 보통 설레어 하는 우리였는데, 마지막이란 단어가 설렘을 저 멀리로 밀어냈다. 오늘 하루를 부족함 없이 준비한다는 것이 지나쳤던 것일까. 결국 나는 준비한 말을 다 하지도 못한 채, 여전히 비좁은 카페를 혼자서 비집고 나와야 했다. 당신에게 멀어지기까지도 긴 시간이 필요했다.

변하지 않는다면 그것이 사랑인가요

나는 오래 사랑을 했다. 사랑하는 동안 불안하고 행복했으며, 한참을 울고 많이도 웃었다. 당신이 행복한 날에 우리는 행복한 사랑을 했고, 내가 슬픈 날에는 우리는 슬픈 사랑을 했다. 우리의 사랑은 그렇게 나와 당신을 따라서 늘 변했다. 그래서 우리는 오래 사랑을 했겠다.

슬픈 날에 행복한 사랑을 하고, 행복한 날에 슬픈 사랑을 했다면, 우리의 사랑이 변하지 않았다면, 우리는 오래 사랑하지 못했겠다. 내 사랑은 당신을 따라 변했고, 당신의 사랑은 나를 따라 변했다. 우리의 사랑은 매 순간 변했기에 사랑이었고, 더 이상 변하지 않을 때 사랑이 아니었다. 사랑이 변하지 않던 때, 우리는 더 이상 서로를 사랑하지 않았다.

우리는 산을 오르고 내렸지

나와 당신은 저 멀리서부터 다가오며 산을 만들었다. 각자의 감정선을 따라 오르내리며 우리는 만났고, 각자가 걸어온 감정선을 내려오르며 우리는 헤어졌다.

시간이 없었다는 말은 핑계일 뿐이었다. 우리는 각자의 걸음에 충실했으며, 아무리 돌아가려 해도 결국은 만났을 것이고 또한 헤어짐도 당연한 것이었다.

가쁘게 올라온 나는 완만한 내림에 한숨을 쉬고, 완만하게 올라온 당신은 가쁜 내리막에 짧은 보폭마다 호흡을 내쉴 것이다. 그렇게 우리는 헤어지고 나서야 서로 다른 걸음을 내디뎌 온 것을 깨달았다. 깨닫고 나서 뒤돌아본들 우리의 눈높이는 점점 멀어질 뿐이었다. 가쁘게 내려가는 당신은 미끄러질 뿐이었고, 완만한 걸음을 걷는 나는 가야할 길이 멀게만 느껴졌다.

'사랑했음'으로 끝나는 것은 없다. 만남에는 이별이 따라오듯, 사랑에는 아픔이 따른다. 사랑으로 물든 마음 위에 따라내는 아픔은 대부분 넘쳐흘러질 뿐이다. 그런 아픔을 닦아 내며 숨기려 해도, 사방으로 흐르는 것은 걱정과 충고를 피해 내기 힘들다. 당신이 걸어온 내리막을 그들이 경험해 온 내리막에 맞추어 걸으려니 탈이 날 수밖에 없다.

내리막은 끝이 없다. 사랑은 무의식에서 시작하기 때문이다. 무의식 상태에서 시간의 속도는 인지할 수 없다. 그저 기울어진 몸이 바르게 세워지기만을 기다리며, 혼자와의 싸움을 버텨 낼 뿐이다. 이제는 당신이 없기에. 그 누구도 나를 세워 줄 수 없다. 단지 흐르는 시간에 쉼 없이 발걸음을 옮기는 것이 내가 할 수 있는 유일한 것이다.

미련

우리가 그려온 그림은
이미 말라 버렸는데

더 눈물 흘려 낸다고
무슨 의미가 있을까요

시작과 끝은 침묵이었다

나와 당신은 침묵으로 시작해서 침묵으로 끝났다. 여름이 오기 전, 아직은 쌀쌀하다며 겉옷을 챙겨 가라던 봄의 속삭임이 들리던 날. 우리는 서로를 마주하고 아무 말도 없이 잠잠히 있었다. 나의 짧은 침묵에 당신은 들을 준비를 했고, 당신의 짧은 침묵에 나도 들을 준비를 했다. 짧은 침묵은 우리의 시간을 지그시 눌렀고, 우리는 서로 떠밀리듯 가까이, 그렇게 입을 맞추었다.

편안한 시간이 지나고, 불편한 시간이 우리를 찾아왔다. 불편함은 우리에게서 침묵을 찾아 꺼내었다. 오랜 침묵에 나와 당신은 침묵만을 더할 뿐이었다. 나의 길어진 침묵에 당신은 들을 준비를 했고, 당신의 길어진 침묵에 나도 들을 준비를 했다. 긴 침묵은 우리의 시간을 지그시 눌렀고, 서로는 멀어져 그때서야 우리는 눈을 맞추었다.

긴 침묵이 익숙해서 우리는 눈을 맞추고도 침묵을 지

켰다. 그렇게 우리는 침묵으로 시작해서 침묵으로 끝났다.

오래된 그것

오래되었다는 것은 그만큼 어울렸거나, 이제는 힘이 빠질 때가 된 것이다. 늙으면 걸음이 느려지고, 아프면 입맛이 없는 게 당연하듯이, 오래된 것은 말 그대로 오래된 것이다. 고향 길을 지나다 오래된 식당을 보면 여전하다고 감탄하면서, 그렇다고 그곳을 찾아 음식을 맛보진 않는 것처럼 오래된 것은 오래됨 자체로 의미를 가진다.

사람 사이의 감정도 시간을 살고 있기에, 오래된 감정이 서로에게 존재한다. 눈에 보이지 않지만, 감정은 온도를 가지고, 모양을 가지고, 심지어 기억도 가지고 있다. 그것들은 오래될수록 밋밋한 촉감을 전하는데, 우리는 그것을 추억이라 부른다.

추억은 우리를 나와 당신으로 나누고, 함께 한 많은 날을 길게 늘여 놓는다. 나와 당신은 우리가 되었다가 각자가 되고, 서로 눈을 맞추었다가 약속이라도 한 듯이 반대로 고개를 돌린다. 그렇게 우리는 추억을 보내고, 나와 당신은 좋아하고 사랑했던 사람이 된다.

그것은 우리가 좋아하고 사랑했던 것. 그것은 행복했고 아프게 시려 오는 것. 좋아했던 것은 사랑하는 것이 되고, 사랑했던 것은 아픈 것이 되어 버리는, 이런 뻔한 전개에도 언제나 눈물 흘리는 것. 그리고 다시 좋아하게 된다면, 좋아할 수만 있다면 기꺼이 사랑하고 아주 아플 수 있는 것.

오래된 감정은 밋밋한 촉감을 건넨다. 그러면 나와 당신은 잠시 눈을 맞추고, 우리가 함께한 많은 날이 스치며 지나가겠다. 애써 부정하려 해도 그것은 우리가 좋아하고 사랑했던 것이겠다. 나와 당신은 그렇게 좋아하고 사랑했던 것을 지나, 아픔을 느끼겠다. 그것이라도 우리 추억으로 남길 간절히 바라다가, 우리는 결국 나와 당신이 되겠다.

이제야 알겠다

이제는 알고 있다. 나는 당신을 사랑했을 뿐이고, 당신은 하루를 살아냈을 뿐이라는 걸. 나의 하루는 당신을 사랑하느라 힘들었던 것이고, 당신은 하루를 살아내느라 힘들었을 뿐이라는 걸. 나의 감정은 여기저기 부딪혀 상처가 났지만, 당신은 하루를 살아내느라 그랬을 뿐이라는 걸. 내 마음은 켜지고 꺼지길 반복하다 어둠을 담았지만, 당신은 하루를 살아내다 어두워졌을 뿐이라는 걸. 아픔은 나와 당신을 모두 알고 있는 유일한 것이지만, 당신은 하루를 아프게 살아냈을 뿐이라는 걸. 며칠을 써내느라 찢어진 지문은 색이 하나인 그림이 되었지만, 당신은 그저 하루를 살아냈을 뿐이라는 걸. 오늘은 어색한 아침이었고 내일은 그랬던 아침이 되겠지만, 당신은 평소 같은 하루를 살아낼 뿐이라는 걸. 나는 이제야 알겠다.

우리는 마주쳤고 손 인사를 했다

우리는 계획을 세운다. 각자 계획 아래 각자 삶을 살아간다. 각자의 길을 걸어간다. 뛰어가다 걷기도 하며, 때론 멈춰 쉬기도 한다.

한창 바쁘게 뛰던 때가 있었다. 뭐가 그리 바빴는지, 언제부터 뛰었는지조차 잊은 채, 흐르는 땀을 닦지도 못하고 쉼 없이 뛰었다. 숨이 차서 도저히 달릴 수가 없었지만, 차마 쉴 수는 없었다. 마음속으로는 잠시라며, 잠시는 괜찮다고 되뇌면서 가쁜 숨을 몰아쉬었다. 그렇게 천천히 걸음을 옮기다 당신을 만났다.

당신은 내 옆에서 걷고 있었다. 나는 이유 모른 채 당신에게 끌렸고, 당신 걸음에 걷는 빠르기를 맞추었다. 당신 걸음의 빠르기가 좋았고 편안했다. 당신과 함께 하는 대화가 좋았고 편안했다. 당신과 손을 잡고서 걸을 때, 마음이 따듯하고 편안했다.

하지만 편안해서 불안했고, 나는 다시 뛰어야 했다. 나는 그런 사람이었고, 지금도 여전히 그런 사람이다. 아무 말 없이 당신을 바라봤다. 당신은 아무 말 없이 내게 손을 흔들었고, 나는 당신의 손 인사가 무슨 뜻인지 차마 묻지도 못한 채, 달릴 수밖에 없었다.

나와 당신은 그저 계획이 달랐을 뿐이다. 지금 당신이 뛰고 있는지, 여전히 걷고 있는지, 아니면 쉬고 있는지는 모르지만, 그때 나는 달렸어야 했고, 그때 당신은 걸었을 뿐이다. 나중에 내가 쉬는 시간을 가질 때에, 당신은 역시 보이지 않았다. 우리는 서로 맞지 않는 계획을 세운 것이겠다. 다른 이유는 필요하지도, 존재하지도 않았다.

당신을 오래도 미워했습니다

가까이서는 당신을 미워할 수밖에 없습니다. 투명한 상자에 들어 있는 생선을 바라보는 고양이의 기분이 나와 같을지도 모르겠습니다. 그래서 나는 멀어집니다. 당신에게서 멀어지며 그리움을 찾습니다. 가까이서 그리워하는 것은 많이 부끄러울 것 같아서, 나는 어느새 당신을 꽤 멀리하고 있습니다. 어쩌면 당신이 내게서 멀어진 것을 이제야 깨닫는 건 아닐까 생각합니다.

슬퍼하는 눈은 멀리서도 눈부시게 반짝입니다. 그 반짝임은 그리움이라고 당당히 말할 수 있겠지요. 당당히 말하고서 힘차게 흘려보낼 수 있겠지요. 그렇게 나는 그리움을 당신께 내보낼 수 있겠지요.

다시는 당신과 가까이하지 않겠습니다. 다시는 당신을 미워하지 않으려 합니다. 아무런 잘못이 없는 당신을 오래도 미워했습니다.

가까이서 당신을 미워하다, 저 멀리서 당신을 그리워했고, 이제는 눈을 감고서 무엇도 보지 않습니다. 내 생각에 당신을 더하는 것을 이제는 그만두겠습니다.

겨울은 느리게 흐른다

눈은 비가 내리는 것보다 느리게 내린다. 내리는 것들이 느리게 내리는, 겨울이다. 시간도 그것을 닮아 가며 느리게만 흐른다. 느린 시간에도 분명한 건, 이번이 마지막 크리스마스라는 것. 올해에는 눈사람을 만들지 않기로 했다. 찬 바람이 더 차갑게 불어오길 바라는 요즘. 쌓여 누운 눈을 차마 밟지 못하고, 나는 자리에 가만히 서 있다. 이대로만 떠날 것 같아서. 나는 흐르는 것을 붙잡는 것 외에는 무엇도 할 수 없다. 우리는 자주 그리고 결국에 사랑했단 사실을 잊어버린다. 비가 내리는 것보다 한참 느리게, 겨울에는 눈이 내린다.

4부 우리는 그렇게

봄을 맞이한다

지극히 개인적인 생각

특별한 이유 없이 단지 남들처럼 살기 싫을 때가 있었다. 그렇다고 해서 나의 특별한 것을 찾아 여기저기에 내세우진 못했다. 남들 다 하는 것을 해보지 못했고, 남들 다 하지 못하는 것도 해보지 못했었다. 내겐 아무런 특별한 것이 없었다.

남들처럼 살지 말고, 당신의 삶을 살 것을 권하는 사회다. 지금까지 살아온 내가 느끼기엔 그러하다. 당신의 꿈을 찾길 요구하며, 이런저런 면접에서는 자기소개를 먼저 물어보는 사회이다. 함께 사는 사회에서 각자가 앞서야 한다는 것을 이해 못 하는 건 아니지만, 마음 어딘가 참 씁쓸하다.

남들처럼 살면 어떠한가. 평범한 하루를 보내면 어떠한가. 모두가 지쳤는지, 평범하게 사는 것이 가장 어렵다는 문장이 큰 인기를 끌기도 했다.

평범하다: 뛰어나거나 색다른 점 없이 보통이다.

가까이서 두 사람을 비교해보면, 각자 뛰어난 부분이 보이고, 외모부터 시작해 서로 다른 점을 많이 발견할 수 있을 것이다. 하지만 저 멀리서 둘을 비교하려 바라본다면, 둘은 그저 옷 색깔만 조금 다른 평범한 사람 두 명일 뿐이다. 지극히 개인적인 생각이다.

남들처럼 살던, 남들처럼 살지 않던 뭐가 그렇게 중요한가. 좋아 보이는 것은 따라 해도 좋고, 따라 해보고 당신에게 별로이면, 또 다른 좋아 보이는 것을 따라 해도 좋다. 그러다 당신이 좋아하는 것을 찾게 된다면 그것으로 충분하지 않을까. 내가 무엇을 좋아할지 눈치 보지 않으면 좋겠다. 이 또한 지극히 개인적인 생각이다.

여행에 관심이 많은 요즘, 친구들 말로 순천만이 그렇게 좋다고 한다. 좋다고 하니, 나도 한 번 가보겠다 마음먹는다. 가보면 좋은지, 안 좋은지 알 수 있겠지. 좋으면 다음번에 또 갈 것이고, 좋지 않으면 다른 좋은 곳을 찾아 나설 것이니, 아무렴 좋은 일이 될 것이다. 마찬가지로 지극히 개인적인 생각이다.

눈웃음

누군가
내게 습관을 물으면

종종
눈웃음이라고 답한다.

귀가
잘 들리지 않는 나에게

눈웃음은
하나의 표현이다.

왼쪽 귀가 잘 들리지 않는다. 아예 들리지 않는 건 아니지만, 그것을 이유로 군대도 가지 않았으니, 편안한 이유는 되지 못한다. 태어날 때부터 그랬다 하는데, 알아차린 것은 중학교에 다닐 때였다. 이어폰이란 것을 처음 사용해 보면서, 오른쪽 귀에서 들리는 소리가 왼쪽 귀에서 들리는 것보다 훨씬 크다는 것을 느꼈다. 그리고 왼쪽 귀로는 어떤 노래가 흘러나오는지 알 수 없었다.

병원에 가서 처음 보는 기계에 들어가 30분 정도 검사를 했다. '스트레스성 난청', '대학 병원 검진요망' 대학 병원에 가서 더 큰 기계에 들어가 검사를 했고, 진동하는 은색 말발굽을 입에 문 채 의사 선생님 말을 들으면서 양손을 들어 올렸다 내리길 반복했다. 귓속뼈가 굳어 소리를 증폭시키지 못한다는, 과학 수업 시간에 어렴풋이 들었던 단어들이 뒤섞인 말이 의사 선생님 입에서 나왔다. 학교에서는 별생각 없이 들었던 것이, 병원에서는 수많은 생각을 하게 했고, 수술 성공 가능성은 10% 미만이라는 얘기를 들었을 땐, 아무 생각도 할 수 없었다.

잘 들을 수 없다는 사실을 알게 된 후로 나는 잘 들을 수 없었다. 잘 들리던 친구들의 말이 흐리게 들리는 듯했고,

평소 같다면 되물을 것을 나는 되묻지 않고 눈웃음으로 답했다. 웃는 얼굴에 침 못 뱉는다고, 찡그린 표정 대신에 눈웃음을 택했다. 그렇게 눈웃음은 나의 습관이 되었다.

종종 묻는다. 눈웃음 짓는 게, 끼 부리는 것 아니냐고. 그렇게까지 해서 여자를 꼬시려 하냐고. 그럼 나는 다시 눈웃음으로 답할 뿐이다. 내가 이유를 말했을 때, 그들이 미안해하는 표정을 보고 싶지 않고, 그런 표정을 보면 나는 다시 눈웃음을 지어야 하기 때문이다.

이런 고민을 하고 나서부터였을까. 누군가에게 이유를 묻기가 쉽지 않다. 나처럼 그들도 그들만의 사정이 있을 것이고, 그들이 미안한 표정을 지어내길 원하지 않기 때문이다. 미안한 표정을 지어내면 서로가 미안한 감정을 갖는 것을 누구보다 잘 알고 있기에, 나는 또다시 눈웃음을 지어낼 뿐이다.

눈웃음은 얼굴을 구기는 대신에 마음을 펴준다. 병원에서 구겨 집어넣은 생각들을 반듯하게 펴준다. 흐리게 들리는 친구들의 말을 깨끗하게 펴준다. 사람들이 어쩔 줄 몰라 하며 오므리는 입술을 다시 펴준다. 눈웃음은 내게 그런 것이다.

세상은 넓어서

누군가에게 잘 보이고 싶은 마음은 모두가 가지고 있다. 그래서 예쁜 옷이 보이면 사고 싶은 마음이 들고, 맛있는 음식을 먹으면서도 한편으론 얼마나 살이 찔까 걱정을 하고, 몇 번이나 거울을 보며 옷매무새를 다듬는다.

그러다 사진을 찍을 때면 한껏 꾸민 모습을 한 번 더 꾸미는 우리를 볼 수 있다. 작은 화면을 톡톡 건드려 가며 흠을 제거하고, 최대한 자연스럽게 얼굴은 작게 이목구비는 또렷하게 나를 만들어 낸다.

나도 기본 카메라로 사진을 찍으면 내 얼굴이 어색하게 느껴지니, 어느새 만들어진 나에게 익숙해진 모양이다. 어느 누군가에게 잘 보이고 싶은 건진 알 수 없지만, 어쩌면 모두에게 잘 보이고 싶은 건 아닐까 생각한다.

하지만, 우리는 모두에게 잘 보일 수 없다. 우리 눈은 카메라에서 쓰이는 필터를 가지고 있지도 않고, 내면의 모습은 시간이 지날수록 솔직하게 드러나기 때문이다. 홍미진진하든 지루하든 영화는 결국 끝이 나듯이 우리 연기도 뛰어나든 티가 나든 결국은 끝이 나게 되어 있다.

여기서 중요한 건, 영화가 홍미진진하든 지루하든, 우리의 연기가 뛰어나든 티가 나든, 좋아할 사람은 좋아하고 싫어할 사람은 싫어한다는 것이다. 많은 사람이 인정하여 상을 받은, 소위 명작이라고 불리는 영화도 싫어하는 사람이 존재하는데, 우리에게 그런 사람이 한 명이라도 없을까. 나를 좋아하는 사람이 반만 되더라도 그건 꽤 성공한 연기일 테다.

잠이 오지 않는 밤 이런 생각을 했다. 현실에는 포토샵이 없는데, 어떻게 살아야 사람들이 좋게 봐줄 수 있을까. 어떤 인생을 살아야 많은 사람에게 인정받을 수 있을까. 많은 사람이 나를 알게 된다면, 나는 어떤 인생을 살아야 할까.

이 글을 읽고 있는 당신들은 내가 어떤 결론을 내렸을지 알 거라고 충분히 믿는다. 세상은 넓어서, 나는 당신들을 속이지 않겠다고 다짐했기에.

나는 당신이 그렇게 해도 되는 사람이 아니에요

이별한 때, 읽은 책에 있던 문장이다. 제목은 정확히 기억나지 않는다. 그때쯤에 꽤 많은 책을 읽었고, 그 책들은 다시 읽고 싶지 않기에 어떤 책인지는 앞으로도 기억하지 못할 것이다. 사실 문장도 저 문장이 정확한지 자신이 없다. 단지, 저런 의미를 가진, 모양이 비슷한 문장이 마음에 새겨졌을 뿐이다. 짧은 시간 동안 읽은 문장은 나를 한참 동안 생각하게 만들었으며, 그날엔 그 페이지만 몇 번을 읽어내었다.

"나는 당신이 그렇게 해도 되는 사람이 아니에요" 이 문장을 말하기 위해서 얼마나 많은 연습을 했을까. 소설 속 등장인물에 감정 이입을 하고 하루 종일 고민했다는 얘기를 누군가에게 하면 비웃을 수도 있지만, 나는 과연 그들에게 "나는 당신이 그렇게 해도 되는 사람이 아니에요"라고 말할 수 있을까.

나는 왜 당신들에게 그렇게 말하지 못했을까. 살아가며 만난 수많은 무례한 사람들에게 지금이라도 말하고 싶다. "나는 당신이 그렇게 해도 되는 사람이 아니에요. 당신이 나를 어떻게 보고, 어떻게 생각하느냐는 중요하지 않아요. 나는 당신에게 그런 말을 듣고, 이런 대우를 받을 이유가 없어요."

우리는 의사 표현에 많이 서툴다. 특히 자신을 위한, 본인 의사 표현에 아주 서툰 모습을 보인다. '겸손하고 당당하게'를 입에 달고 살아가는 나도 자주 겸손하지 못하고, 더 자주 당당하지 못한다. 차라리 '건방지고 겁 없이'를 입에 달고 살았다면, 그런 일들을 겪지 않았을까도 생각한다.

그렇기에, 나도 당신에게 그럴 땐 어떻게 하라고 말하지 못한다. 단지, 당신은 그 사람들이 그렇게 해도 되는 사람이 아니라는 것을 말하고 싶다. 보편적인 표현을 빌려와, 당신은 소중하고 세상에 하나뿐인 사람이기에, 당신은 사랑받고 사랑하기 충분한 사람이기에, 당신은 아프면 아프다고 말해도 되는 사람이기 때문이다.

그럼에도 불구하고

그런 기억. 애써 문 앞까지 올라갔지만, 너무 지친 나머지 문을 열지 않고 다시 내려온 사람을 바보라고 부른 이야기. 그 사람이 얼마나 무서웠을진 생각하지 못하고, 그가 버텨낸 오랜 시간을 바보라는 두 글자로 쓴, 교훈을 담은 듯하지만 아주 무례한 이야기. 그 사람이 오르고, 내려가는 과정은 알려 주지 않는, 결과만을 중시하는 어쩌면 가장 모순적인 이야기.

아무도 모르게 금이 가 있던 벽은, 한순간에 무너져 내리곤 합니다. 겉으론 아무 문제없어 보이던 것이, 하루아침에 숨을 잃고 쓰러지곤 합니다. 밝게 웃던 사람이 짧은 순간을 지나다 울음을 터트리는 것도 비슷한 그림이겠습니다.

우리는 서로에게 그림 같은 것입니다. 아무리 움직여도 우리는 하나의 그림이 되어 그들의 판단에 맡겨집니다.

오늘의 내가 어떤 경험을 가지고 만들어졌는지는 그들의 관심사가 아니며, 그들의 가져야 할 의무도 아닙니다. 내가 그들의 모습만을 보고 판단할 수밖에 없듯이, 그들이 나의 모습을 보고 판단하는 것은 어떠한 잘못도 되지 않습니다.

그럼에도 불구하고, 그것은 좋지 않은 감정을 만들어냅니다. 내가 만든 액자 속에서 내가 그려낸 그림인데, 읽히지 않는 그들의 표정을 바라보기는 쉽지 않습니다. 차라리 그들이 눈을 감았으면 좋겠다는 마음을 자주 가집니다. 내가 살아온 삶에 관심이 없는 그들이, 내가 살아갈 삶도 바라보지 않았으면 하는 마음입니다. 물론 나도 꽤 자주 눈을 감아야겠습니다.

평소대로 행동하면 평소처럼 대할 거니까

인간은 적응의 동물이다. 하기 싫은 것을 반복해서, 습관으로 만들고, 그것을 적응해내 긍정적인 결과를 만들어 내기도 한다. 예를 들면 운동 같은. 반대로 할 일을 계속해서 미루고, 그것이 습관이 되어, 몸과 정신이 그런 것에 적응되면 부정적인 결과를 만들기도 한다. 예를 들면 운동 같은.

두 가지 가정 모두 예시를 운동으로 들었는데, 그것은 우리가 인간이기 때문이다. 같은 상황에도 우리는 사람마다 다른 반응을 보인다. 같은 사람에게도 마찬가지다. 한 사람을 보고서 서로 다른 판단을 하고, 심지어 의견이 정반대로 갈리기도 한다. 즉, 내가 생각한, 나의 행동과 말이 가진 의미가 남들에게 전혀 다르게 전달될 수도 있다는 것이다. 특히 당신이 평소와 같이 행동하거나 말을 하면 더욱이 그렇다.

당신이 평소에 밝은 이미지라면, 주변 사람은 당신의 밝은 모습에 적응되어 있을 것이다. 당신이 진지한 태도로 말해도 주변 사람은 그것을 당신이 생각하는 만큼 받아들이지 못할 수 있다. 그것은 당신의 잘못이라고도, 주변 사람의 잘못이라고도 말하기가 힘들다. 인간은 적응의 동물이기 때문이다.

그래서 나는 평소와 다른 기분일 땐, 평소와 다르게 행동하고 말하려 한다. 나의 기분을 먼저 말하고, 평소와는 다른 말투로 연락하고 대화한다. 그래야 나의 기분이 더 상할 일이 생기지 않을 수 있음을, 여러 경험을 통해 깨달았기 때문이다. 그래도 나의 의사가 제대로 전달되지 않는 경우가 있는데, 그럼 그 사람과는 점점 멀어진다. 이제는 그런 사람에게까지 힘을 쓸 여유가 없어서, 나는 이런 삶에 적응해 나가고 있다.

평소처럼 행동하면, 평소처럼 대할 수밖에 없는 우리 인간이 가끔은 안타깝다. 말하지 않아도 당신의 기분을 알 수 있다면 좋지 않을까, 이런 생각도 여러 번 했다. 하지만 그것은 또 그것 나름대로 고충이 있을 것이기에, 인간은 참 안타까울 수밖에 없는 존재이다.

새까만 밤을 하얀 종이로 만들었다

'남에게 굽히지 아니하고 자신의 품위를 스스로 지키는 마음'을 자존심이라고 하는데, 나는 자존심이 약한 사람이었는지도 모르겠다. 나의 품위를 스스로 지키기에는 나약한 사람이었고, 인정하지 않는 것이 남에게 굽히지 않는 것이라며 착각 속에 살아왔다.

자존심은 잘못을 인정하지 못하고, 새까만 밤을 하얀 종이로 만들었다. 밤하늘을 바라보며 하지 못한 말들을 꺼내어 써냈고, 나는 써낸 것을 마음속으로 되뇌었다. 그렇게 몇 년이 흐른 지금, 자존심에 대한 생각이 어느 정도 편하게 바뀌었다.

특별한 일이 있었던 것은 아니다. 그저, 나를 중심으로 생각하는 시간이 쌓여 왔을 뿐이다. 운동을 꾸준히 해온 것도 도움이 되었겠다. 다시, 꾸준히 무언가를 해 온 것이 이유가 되겠다. 남에게 굽힐 시간이 없었고, 스스로와 약속을 지키기 위해 오랜 시간 애써왔다. 꾸준함은 앞으로의 꾸준함의 원동력이 되는 것을 너무나 잘 알고 있다. 이것이 나의 자존심을 대신 채워주고 있는 것은 아닐까.

요즘도 종종 밤하늘을 올려다본다. 밤하늘은 여전히 하얀데, 군데군데 내가 썼던 마음이 보인다. 삐뚤삐뚤하게 쓰인 마음이지만, 내가 썼던 것이니, 미워할 수만은 없다. 뭐, 나름 읽어 줄 만은 하다. 오랜만에 일기장을 찾아봐야겠다. 군데군데 쓰인 마음을 이제는 쓰다듬을 수 있을 것 같다.

무례한 사람에겐 무관심을

벌집을 발견하면 일단 피하라고들 말을 합니다. 전문가가 아닌 이상, 어떤 벌이 몇 마리나 안에 들어 있는지 알 수 없기 때문입니다. 벌집 안에 꿀벌이 들어있다면, 쏘이더라도 약을 바르거나, 증상이 심할 경우에만 병원을 찾으면 되지만, 장수말벌같이 독성이 강한 벌이 들어있다면 목숨이 위험할 수도 있습니다. 가만히 있는 것을 건드려 쓸데없이 일을 크게 벌이는 것을 두고 '벌집을 쑤신다'라는 표현이 있습니다. 다행히도 우리는 학습이 잘 되어있어, 이러한 사실을 잘 알고 있습니다.

하지만, 무례한 사람들은 벌집을 벌집으로만 생각하나 봅니다. 그들은 이 사람, 저 사람을 들쑤시며 그들의 약점이 무엇이고, 버틸 수 있는 한계치는 어디까지인지 호기심을 채웁니다. 그들의 행동에 굳이 이유를 찾아보자면, 벌집과 다르게 사람의 반응은 한 박자 느리기 때문보다, 그들이 눈치가 없음을 탓하는 게 타당하겠습니다. 그러면 우리는 벌이 아닌데, 무례하게 들쑤시는 사람을 쏠 수도 없고, 어떻게 반응해야 나를 지킬 수 있을까요.

대화를 이어나가지 못하게 하는 대답과 무관심이 최고의 무기입니다. 당신의 기분을 상하게 하는 물음에 '그래'라고 대답한다 상상해 봅시다. '그렇게 해서 당신 앞가림은 잘 할 수 있겠어?'라는 물음에 '그래'라고 답한다면, 어지간한 사람이 아닌 이상, 더 이상 대화를 이어나가지 않을 것입니다.

그럼에도, '당신은 주제 파악을 할 필요가 있어' 이런 식으로 대화를 이어나가면, 아무런 대답도 하지 않길 바랍니다. 그들에게는 짧은 대답조차 사치이기 때문입니다. 도움 하나 되지 않는 상황을 만들어내지 않는 것이 최선의 선택이 될 것입니다.

앎을 모르고 모름을 안다는 것

당당하기 위해선 자신의 무지함을 알고 있어야 한다. 잘 알지 못하는 것을 아는 척하는 것은 건방짐일 뿐이다. 단순하게 생각해 보더라도 3부터 6까지 알고 있는 사람이 1부터 10까지 알고 있는 사람 앞에서 모든 것을 알고 있는 듯 말하고 행동한다면, 후자는 전자를 건방지다고 생각할 것이다.

다만, 이런 경우도 그러하다. 1부터 10까지 알고 있는 사람이 9부터 11까지 알고 있는 사람 앞에서 모든 것을 알고 있는 듯 말하고 행동한다면, 앎의 양이 다르더라도 후자는 전자를 건방지다고 생각할 것이다.

즉, 얼마나 많이 알고 있는지가 중요한 것이 아니다. 무엇을 얼마나 모르고 있는지를 알아야 한다. 모르는 것을 인정하고, 알고 있는 것을 아는 만큼만 전달할 때, 비로소 당당할 수 있다.

물음으로 대화를 시작하길 좋아한다. 내가 모르는 부분이 있을 수 있기에, 내 생각이 그들과 다르고 때론 틀릴 수도 있기에, 상대에게 먼저 묻고 답을 들은 뒤, 생각을 정리하며 말한다. 생각이 다른 경우에는, 나와 당신의 생각이 다를 수 있음을 충분히 인정함과 존중한다는 언질 주고 대화를 이어 가려 한다.

앎을 모르고 모름을 안다는 것은, 나를 당당히 하고 건방짐으로부터 지켜 주는 태도이다.

나이테

나이테는 나무의 생장이 느릴 때
세포벽이 두껍고 견고하게 그려진 것이다.
나무는 그렇게 추운 겨울을 지낸 흔적을 남긴다.

당신이 변하지 못함에 불안함은
내면을 두껍고 견고히 하는 양식이다.
추운 겨울이 지나면 따듯한 봄이 올 것이다.

문득 나이테는 어떻게 그려지는지 궁금했다. 한 번에 그려진다면 찌그러진 모양이 아닐 것이니, 아마 오랜 시간이 필요하겠다고 생각했다. 나무속을 누군가 들여다보는 것도 아니고, 어쩌면 우리가 우리 속을 모르듯이 나무도 그들의 속을 모를 수도 있겠다 싶었다. 이런저런 자료를 뒤져보니, 나이테는 나무의 생장이 느린 겨울에, 세포벽이 두껍고 견고하게 그려진다고 한다. 나무는 그렇게 추운 겨울을 지낸 흔적을 남긴다.

우리도 각자 나이테가 있다. 일이 잘 풀리지 않을 때, 반복되는 하루에 지쳐있을 때, 그런 때에 느끼는 여러 감정이 우리의 내면을 두껍고 견고히 하는 양식이 되지 않을까. 추운 겨울이 지나면 따듯한 봄이 온다. 한층 더 단단해진 우리는 그렇게 봄을 맞이한다.

제자리여도 괜찮아

친구야 제자리에 머무는 것은
아직 할 일이 남았다는 거야
당신을 짓누르는 부담감이
당신 자리에 흔적을 남길 거야
나중에, 한참 나중에 뒤돌아서
당신 흔적을 보고 미소 지을 거야

우리가 제자리에 머무는 이유는 아직 이 자리에 할 일이 남았기 때문이다. 미련도, 막연한 기대도 모두 괜찮다. 아직 그리고 계속해서 머물러도 괜찮다. 지금 당신이 그리고 우리가 제자리에 머물며 느끼는 부담감은 발자국처럼 흔적으로 남을 것이다. 오래 머물면 머물수록, 부담감이 무거우면 무거울수록, 진한 흔적이 그려질 것이다.

시간은 흐른다. 시간이 얼마나 흘렀는지, 어렴풋이도 세지 못할 때, 뒤돌아서 우리의 흔적을 살펴본다면, 우리는 아마도 미소를 지을 것이다.

수선화

추운 겨울이니까
얼굴이 붉게 물든다

날씨가 추우니까
바람이 차가우니까

차가운 겨울바람은 얼굴을 붉게 만든다. 소주 한 잔만 마셔도 얼굴이 붉어지는 나에게 겨울은 술에 취하지 않은 척 연기하기 좋은 계절이다. 그렇다고 술을 더 자주 먹는 것은 아니고, 괜히 기분이 울적한 날에 술 한잔하기가 조금은 마음이 편안한 때다.

날씨가 추우니까. 바람이 차가우니까 겨울바람을 맞은 얼굴이 붉어지는 것은 당연하다. 수선화가 꽃인 것이 당연하듯이 말이다.

사실 술에 취하지 않은 척 연기할 필요도 없다. 술을 마시면 취하는 것이 당연하고, 대부분 지인은 내가 술에 약한 것을 알기에, 그들은 내가 술을 마시면 취할 것을 당연하게 생각한다.

우리는 당연한 것을 당연하다고 생각할 필요가 있다. 지금 당신이 힘든 것도 어찌 보면 당연하다. 무언가를 시작하기 전에 막연한 불안함을 느끼는 것도 당연하며, 잘해낼 수 있을까 걱정을 하는 것도 당연하다.

수선화는 꽃인 것처럼,
당연한 것은 당연하게 생각해도 된다.
그래도 괜찮은 거냐고? 당연하다.

당신이 당신을 포기하지 않길 바란다

언제부턴가 주변 지인, 심지어 가족마저도 당신에게 잔소리를 그친다면, 그건 당신이 정말 잘살고 있거나, 당신을 포기했거나, 둘 중 하나일 것이다.

사람들은 당신의 사연을 궁금해하지 않는다. 모두 자신의 이야기를 들어주기만 바랄 뿐이다. 이것은 사람이 많이 모인 장소가 시끄러운 이유가 되기도 한다.

당신이 힘든 것을 충분히 알고 있다. 그러니 힘을 내야 한다. 힘들지 않다면, 힘을 낼 필요도 없다. 힘들기 때문에 힘을 내야 한다.

당신은 저 사람들이 어떤 일을 겪어 내며 저 멀리까지 갔는지 모른다. 저 사람들은 당신보다 훨씬 힘든 상황을 이겨 냈다. 그렇기에 저 멀리까지 가 있는 것이다. 물론 어떤 사람들은 태어났을 때부터 저 멀리서 시작했을 수도 있다.

당신도 알고 있겠지만, 한 번 더 상기한다고 달라지는 것은 없다. 저 사람은 저 사람이고, 당신은 당신일 뿐이다. 당신이 당신을 포기하지 않길 바란다.

남들과 꼭 다르게 살아야 하나요

나와 당신이 잠에 드는 장소는 다르다. 하지만 대한민국에서 함께 살고 있다. 당신이 외국에 살고 있다면, 우리는 지구에 함께 살고 있다. 나와 당신은 아마 점심으로 다른 메뉴를 먹었을 것이다. 하지만 우리는 점심에 식사를 했다는 공통점이 있다. 끼니를 걸렀다면, 저녁을 함께, 장소만 다른 곳에서 먹을 것이다. 그렇지 않은가?

우리는 다르면서 비슷하게, 비슷하면서 다르게 살아가고 있다. 우리는 각자 나름의 방식대로 살아가고 있는 것이다. 굳이 남들과 다르게 살기 위해 노력하지 않아도, 그들과 비슷하면서 다르게 살아가고 있다.

내가 남들과 다르게 살아감으로써가 아니라, 남들이 나와 다르게 살아감으로써, 우리는 서로 다르게 살아가는 것이다. 다만, 남들이 나와 다르다는 것을 인정하는 것이 전제되어야 한다.

나와 당신이 다름을 인정하고 존중하는 순간에, 나는 당신과 달라지는 것이다. 다름을 인정하지 못하고 존중하지 않는다면, 나는 남들과 같아질 뿐이다. 내가 남들과 다르게 살아가려 하는 것은, 과연 나답게 사는 것인지. 내가 나로서 살아가려 할 때, 남들과 다르게 살아갈 수 있는 건 아닐지 고민해 볼 필요가 있다.

남들과 똑같이 살아갈지, 다르게 살아갈지는 당신의 선택에 달려있다. 남들과 꼭 다르게 살 필요는 없다. 남들도 당신과 똑같이 살아가고 있기 때문이다. 그저 나 자신을 사랑하고 다름을 인정하며 스스로의 삶을 살아가길 바란다.

그럴 수도 있지

마음대로 돌아가지 않는 세상이다. 많이 먹은 것 같지도 않은데 배는 앞으로만 나오고, 어제 먹은 치킨은 오늘 또 먹고 싶다. 학교 친구는 또다시 내 신경을 거스르고 직장 동료의 담배 냄새는 내 하루의 시작을 헝클인다. 오늘은 아침 출근길에 길에서 담배 피우는 사람이 없었던 것이 다행이라고 느껴지는 것도 참 마음 같지 않다. 직접 얘기도 꺼내 봤지만 나아질 기미는 보이지 않고, 생각할수록 나만 손해 보는 느낌이다.

그럴 땐 어머니께서 내게 말씀하신 '참을 인자 셋이면 살인도 면한다.'는 문장과 '그럴 수도 있지'라는 문장을 마음속으로 반복한다. 참을 인자 셋이면 살인도 면한다는 말은 잘 모르겠지만, 그럴 수도 있지는 꽤 도움이 된다. 서로의 간격이 좁혀질 기미가 보이지 않는 사람과 '그럴 수는 없어'라는 마음을 가지고 대화하는 것은 당신 기운만

뺏을 뿐이다. 그런 사람과는 '그럴 수도 있지' 하며 거리를 두는 게 서로에게 좋지 않을까.

인간관계에서만 '그럴 수도 있지'가 통하는 것은 아니다. 주문한 음식이 생각보다 맛이 없을 때, 목표한 일이 잘 풀리지 않을 때도 '그럴 수도 있지'를 생각해 보자. 이미 벌어진 일은 대부분 되돌릴 수 없기에, '그럴 수도 있지' 하며 넘어가는 것이 마음 편하지 않을까. 물론 책임져야 할 일은 책임져야 한다. 음식이 맛이 없을 때도, 이미 식탁에 놓인 음식을 어찌하리. '다음에는 이 메뉴를 안 시키면 되지' 하며 넘어가는 것이 바람직하지 않을까. 그럴 때 상대방에게 당신이 여유로운 사람처럼 보이는 것은 덤이다. 한결 마음이 편해지는 것은 덤의 덤이고.

후회가 후회를 남기지 않게

후회한다고 생각할 때마다, 나는 언제나 후회를 남겼다. 좋은 건 좋은 대로, 나쁜 건 나쁜 대로 후회가 후회를 남겼다. 그러니 나는 어떤 선택을 했더라도 지금처럼 후회할 것이다. 후회를 그만두겠다는 생각을 하진 않는다. 후회를 그만둔다면, 또 다른 후회를 시작할 것만 같다.

이렇게 나는 언제나 후회를 남겨 왔으니까, 이젠 내가 선택한 지금 것들을 사랑하려 한다. 후회라는 단어는 저 멀리에 치워 두고, 내가 해 나갈 일들에 집중하려 한다. 후회하더라도 나중에 미소 지으며 후회할 수 있는 사람이 되고 싶다. 나중에 후회하면서 미소 지을 수 있는 사람이 되고 싶다.

굳이 그 사람을 좋아하지 않아도 돼

우리는 많은 사람을 만난다. 만나왔고 만났으며 앞으로도 수없이 만나야 한다. 사람들을 만나고 나면, 집으로 돌아와 사람들을 만난 나를 만난다. 만족스러운 만남이었는지 나에게 물으면, 그렇다고는 항상 말할 수는 없다.

며칠 전에 내가 싫어하는 사람을 만났다. 당연히 단둘이 만난 것은 아니고, 함께 아는 사람들과 여럿이 만났다. 그중에는 내가 좋아하는 사람도 있었으니, 만남 자체가 나쁘진 않았다. 대신 즐거웠던 기억보다는 내가 싫어하는 사람의 한 마디 한 마디가 기억에 남아 있다.

그 사람이 나에게 무언가 잘못한 것은 아니다. 단지 나와 가치관이 다르고, 성격이 맞지 않을 뿐이다. 성격보단 성향이라고 함이 적절하겠다. 이것은 내가 그 사람을 좋아할 이유가 되지 못하고, 그 사람을 싫어하지 않을 이유도 되지 못한다.

그 사람은 그 사람대로, 나는 나대로 살아가면 된다. 어딘가에 함께 소속되어 있다고 해서, 앞으로 몇 번 더 얼굴을 봐야 한다 해서, 굳이 그 사람을 좋아하려 노력할 필요는 없다. 그 사람을 좋아하지 않아도 괜찮다. 그 사람을 싫어해도 괜찮다. 나도 누군가에겐 그런 사람일 것이고, 우리 모두는 그런 만남 속에 살아가고 있기 때문이다.

언제나 부족하지만 흘러넘치는 것

우리는 늘 시간에 쫓깁니다. 등교와 출근 시간은 물론이고, 기상 시간마저 알람 소리에 쫓기며 그렇게 살아가고 있습니다. 시간에 쫓기며 대부분 아침 식사를 거르는 요즘이고, 여기저기서 해야 할 일을 놓치기도 하며, 저녁에는 답하지 못한 밀린 연락을 마주하기도 합니다.

그런데 우리는 시간이 부족해서 시간에 쫓기는 것일까요. 가만히 생각해 보면 흘러넘치는 것이 시간인데, 우리는 왜 시간에 쫓기며 살아가고 있을까요.

흘러넘치는 시간에도, 우리 자신을 살피는 데는 시간을 쓰지 못하는 건 아닐까요. 어제 내 기분이 어떠했는지, 오늘 내 컨디션은 어떠한지 살피지 못한 채, 하루를 시작하는 것은 아닐까요.

오늘 내가 할 수 있는 일의 양은 5인데 10만큼의 일을 처리하려다 보니 시간에 쫓기고, 반대로 할 수 있는 일의 양이 10인 날에는 5만큼의 일만 하니 다음날 시간에 쫓기는 것은 아닐까요. 비슷하게 나의 감정을 다스리는 데 충분한 시간을 쓰지 못해서 다른 사람에게 화내고, 반대인 경우엔 나의 기분만 너무 생각하다 주변 사람을 챙기지 못하는 것은 아닐까요.

부족한 듯 흘러넘치는 시간이란 파도에서 우리가 휘청이고 있는 건 아닐까 생각해 봅니다. 우리는 시간이란 파도 위에서 균형 잡는 법을 배우고 있는지도 모르겠습니다.

버스가 멈추고 일어나도 괜찮아요

버스를 타면 목적지에 가까워질수록 우리 엉덩이는 가벼워집니다. 버스를 탈 때는 자리에 앉기 위해 서둘렀는데, 내릴 때도 다들 서두르는 이유가 문득 궁금했습니다. 남들보다 앞서야 한다는 이야기를 너무나 많이 들어 왔기 때문일까요. 몇 초, 심지어 영 점 몇 초 차이로 메달 색이 정해지는 경기에 너무 익숙해진 탓일까요.

'정차하고 내리시오'란 안내문은 가볍게 무시한 채, 우리는 목적지를 향하는 버스 안에서 위험하게 춤을 추고 있습니다. 버스가 흔들릴 때마다 손잡이를 쥔 팔에 힘을 꽉 주고, 표정을 구겨가며 버티고 있습니다.

우리가 버스에서 각자의 목적지가 있듯이, 우리는 각자의 목표가 있습니다. 버스는 우리의 삶, 목적지는 각자의 목표라고 생각해봅시다. 우리의 목표는 다들 다르기에 같은 버스를 탔어도, 옆자리에 앉은 사람과 당신의 목표는 다를 것입니다. 그러니 옆 사람이 내릴 준비를 한다고 해서 당신이 조급해할 필요가 전혀 없습니다.

만약 당신이 옆 사람과 같은 곳에서 내려야 한다 해도, 옆 사람은 단지 환승을 위해 내릴 수도 있습니다. 설령 그 사람과 당신의 목표가 같다 해도, 버스에서 내린 뒤에 신호등 아래서 나란히 기다릴 수도 있습니다. 다른 사람 때문에, 그들의 눈치를 본다고, 그들 때문에 조급해져서 달리는 버스 안에서 위험하게 서 있을 필요가 없다는 것입니다.

당신은 당신의 목표를 향해 당신 나름대로 열심히 가고 있습니다. 목표에 다다를 때쯤 조급하지 않았으면 합니다. 지금껏 잘 달려온 당신이, 도착할 때쯤에 넘어져 다치는 일이 없었으면 합니다. 당신은 잘 도착할 테니, 버스가 멈출 때까지 편안하게 앉아 있었으면 합니다. 안전하게 목적지에 도착하고, 버스에서 잘 내렸으면 합니다. 버스가 멈추고 일어나도 괜찮습니다. 우리는 그런 삶을 살아가도 괜찮습니다.

문제가 없는데 왜 답을 찾으려 하나요

배가 고프면 음식을 먹는 게 정답일까요. 정답이라고 생각한다면, 다이어트를 하는 사람에게도 그것이 정답이 될까요. 다이어트를 하는 사람이 배고픔을 느낀다면, 어쩌면 아주 잘하고 있다는 뜻일 수도 있습니다.

당신이 힘들고 지쳐 있는 것 또한 어쩌면 잘하고 있다는 뜻일 지도 모릅니다. 당신이 하는 일에 아무 문제가 없다는 것입니다.

문제가 없는데 정답을 찾으려 하는 것은 없는 문제를 만들어 내는 것입니다. 문제가 없는데 왜 답을 찾으려 하나요. 불안할 수 있습니다. 힘들고 지칠 수도 있습니다. 나의 문제가 무엇인지, 누군가 말해 주었으면 하기도 합니다. 충분히 이해합니다. 하지만 나의 문제가 무엇인지 고민하기 전에, 내 생각과 느끼는 감정이 정말 문제인지 먼저 생각해 보길 권합니다.

어쩌면 당신은 문제없이 누구보다 잘 해내고 있을지도 모릅니다.

굳이 다른 이유를 찾지 않아도 괜찮다

한걸음이라도 옮기려 아무리 애를 썼지만 내 발목을 붙잡는 것은 눈에 보이지 않았다. 걸음을 옮기는 것은 결국 내가 해야 하며, 누군가 등을 밀어주는 것도 한계가 있다는 것을 깨닫기까지 오래도 아파했다. 내가 걸음을 옮기기 위해서 이유를 찾으려 했던 것은, 어쩌면 내 마음을 모르고 있었기 때문이다. 스스로 자신이 없었다. 누군가가 나도 당신과 같다고 말해 주기만을 바랐다. 나라는 존재가 해내기에 충분하다고 느끼기에는 주변 사람들보다 부족해 보였고, 그렇다고 해서 당장에 내가 할 수 있는 것은 없었다. 이제는 누군가 내게 물을 '왜'라는 질문에 미리 답을 찾으려 한 내 모습이 우스울 뿐이다. 단지 내 마음이 그러한 것으로 충분하단 것을 그때도 알았으면 어땠을까. 하지만 지금도 늦지 않았음을 알기에, 지금부터 잘해 나가면 충분하기에, 굳이 다른 이유를 찾으려 하지 않는다. 그래도 괜찮은 것을 알기에.

힘들어서 쉬기보다 힘들기 전에 쉬어요

우리는 힘들 때 쉽니다. 며칠 밤을 새우고, 끼니도 챙겨 먹지 못하고, 도저히 안 되겠다 싶으면, 그때서야 쉬어 갑니다. 하지만 우리는 얼마나 어떻게 쉬어야 하는지도 모른 채, 불안한 마음을 가지고 다시 시작할 시간을 기다리며 불안정하게 쉬는 시간을 가집니다.

누군가 우리에게 왜 쉬냐고 물으면, 뭐라고 대답해야 할지 잘 모르겠습니다. 힘들어서 쉬는 것인데, 뭐가 그렇게, 얼마나, 왜 힘든 거냐는 물음처럼 느껴집니다. 물론 그들의 의도는 그렇지 않다는 것을 알고 있습니다. 우리는 쉰다는 것에 참 서투른 사람들입니다.

최근에 대부분 것들을 내려놓고, 쉬면서 생각하는 시간을 가졌습니다. 끝없이 내게 묻고 답하며, 많은 문장을 남겼습니다. 그 문장 중에 마음에 드는 것은 '힘들어서 쉬기보다, 힘들기 전에 쉬어요.'입니다.

우리는 힘들기 전에 쉬는데 서툽니다. 지금 쉬어도 되는지 한참 고민만 하다 때를 놓칩니다. 어느새 너무 힘들어서 쉬는 것 외에는 아무것도 할 수 없는 상황을 맞이하고서야 눈치를 보며 쉬어 갑니다.

힘들기 전에 쉬어도 괜찮습니다. 힘들기 전에 쉬는 것이, 어쩌면 잘 살아가는 방법 중의 최고일지도 모르겠습니다. 무엇을 하면서 얼마나 쉬는 것보다, 힘들기 전에 그때 쉬는 것이 중요합니다.

나는 지금을 살고 있다

친구 중에도 정말 친한 몇 명만 알고 있는 것인데, 나는 많이 아팠다. 수많은 사람 앞에서 부끄러움보다 슬픔의 감정이 커져 아이처럼 울기도 하고, 바쁜 하루에도 꼭 한 번씩은 아파했다. 그러한 이유를 알 때도 있었지만, 모르는 게 나을 때가 많았고, 어쩌면 이유를 알고 모르고는 중요한 문제가 아니었다.

지금은 흔적이 남았다 해도 가끔 아릴 뿐이지, 그럭저럭 살 만하다. 내가 무엇 때문에 그렇게 살았을까 하며 담백하게 기억을 꺼내 보기도 한다. 괜찮아졌다고 말할 수 있나 고민해 보면, 원래 괜찮았던 것은 아닐까 하며 여유도 챙겨 본다.

정리하면, 많이 아팠고 지금은 살 만하며, 아픔이 아픔이었는지 건드려 볼 수 있는 용기가 생겼다. 내 입장일 뿐이지만, 내 이야기에서 그치지만, 지금 아파하는 누군가에게 조심스럽게 말하고 싶다. 당신의 아픔을 가늠하진 못하지만, 감히 이야기를 전하고 싶다.

나는 그때를 살아 냈고 지금을 살고 있다. 당신이 살아 내고 있는 지금은 언젠가 그때가 될 것이다. 언젠가 지나갈 지금이 아니라, 언제나 지나가고 있는 지금을 잘 살아 내고 있다는 것을 말해 주고 싶다. 지금 많이 아프더라도 당신은 분명 괜찮아질 것이다.

이제는 혼자서도 신발을 잘 신습니다

어릴 적 우리는 신발을 신는데, 참 힘들었습니다. 그 넓은 구멍에 조그만 발을 넣는 것이 뭐가 그렇게 힘이 들었는지. 이제는 혼자서 양말도 신발도 잘 신습니다. 하지만 삶이란 게, 신는 게 다가 아니더군요. 걷고, 뛰고 그러다 넘어지고. 그래도 다행인 건, 이제 혼자서도 신발을 잘 신기에, 언제든 앞으로 나아갈 수 있다는 것입니다. 그만큼 우리는 잘 걸어오고 있다는 것입니다.

쌓아 가는 법

종이 한 장도 쌓이면 반듯하게 접기 힘든데
힘든 일이 쌓이면 버틸 수 없는 게 당연하다
쌓여 버린 힘든 일을 한 장씩 다른 데 쌓아 보자
우리는 그렇게 쌓아 가는 법을 배운다

이런 사람 저런 사람 그런 사람

이런, 저런 두 단어와 다르게 그런은 왠지 거리감이 느껴진다. 이런저런 생각은 이해하고 존중할 수 있지만, 그런 생각은 왠지 나의 것과 꽤 다른 느낌이다. 마찬가지로 이런저런 사람 있다고 하지만, 그런 사람은 왠지 나와 꽤 거리가 느껴진다.

내겐 이런 사람이 있었다. 제 고집이 세서, 자기 고집에 못 이겨 울음을 터트리고 마는 사람. 그럼에도 그 울음엔 사랑이 묻어나서, 누군가 그 울음을 받아 줘야 하는 사람. 지금은 그런 사람이라 불러도 어색하지 않을 만큼 멀어졌지만, 그땐 내게 이런 사람이었던 사람.

내겐 저런 사람도 있었다. 부족함 없이 자라 왔지만, 무언가 부족함이 느껴지는 사람. 하지만 그 부족함이 흠이 아니라 틈이어서, 누군가 자주 틈에 자리하는 사람. 나와 가까운 사람은 아니었지만, '저런 사람도 있구나.' 하며 내 생각을 새로 만들어 준 사람. 그럼에도 지금은 그런 사람이라고 불러야 할 것 같은, 결국은 나와 꽤 멀어진, 그 땐 내게 저런 사람이었던 사람.

내게 그런 사람은 대부분 과거의 사람이다. 가까웠든, 멀었든 지금 내 곁에는 그런 사람은 없다. 그저 내가 그동안 걷고 뛰어오다 넘어진 곳 어딘가에 그런 사람이 있을 뿐이다. 나쁘진 않지만, 그런 사람은 그런 사람으로만 남았으면 하는 마음이다.

다만, 그런 사람이 있다. 저 멀리서, 아주 멀리서 나를 기다리고 있는 사람. 이런저런 사람과는 다른, 무언 말로도 형용할 수 없는 그런 사람. 부정보단 긍정의 느낌이 조금 앞서는, 묘한 기대감을 심어 주는 사람. 넘어져도 다시 함께 나아갈 수 있을 것 같은 그런 사람.

나는 그런 사람이고 싶다. 왠지 거리감이 느껴지지만, 조금씩 가까워지는 시간을 즐길 수 있는 사람. 나 자신을 이런저런 사람과 비교하지 않는 그런 사람. 누군가 나를 이해 못 하고, 존중하지 않더라도 나 자신을 사랑할 수 있는 그런 사람.

그런 사람은 결국 나 자신이라는 것을, 나는 그동안 모르고 살아온 건 아닌가 싶다. 알 수 없는 거리감에 부딪히는 것이 두려워, 나 자신에게도 다가가지 못하고 애써 외면해 온 것은 아닌가 싶다. 나는 당신이 이런저런 사람보다 그런 사람이면 좋겠다. 당신에게 그런 사람이 어떤 사람인지 모르지만, 그냥 그런 사람.

내일도 결국은 지나갈 하루라는 것을

바다에 자주 갑니다. 파도 소리와 싱겁지 않은 바람을 좋아합니다. 부산 바다는 모래가 곱습니다. 모래사장을 걸으면 모래가 신발 위에서 춤을 춥니다. 줄을 선 것도 아닌데, 몇 걸음만 걸어도 모래가 함께 합니다. 발을 들어 신발을 털어 내도 두세 걸음이면 다시 모래가 앉습니다. 모래를 완전히 털어 내려면 모래사장 밖으로 나와야 합니다.

생각의 바다에 빠져 살았습니다. 제자리에서 고개만 내밀고 숨쉬기에 바빴습니다. 편하게 숨을 쉬기 위해선 헤엄쳐 나와야 한다는 사실을 알지 못했습니다. 이런저런 생각을 붙잡고 하루를 살아 내는 것이 버거웠습니다. 그러다 숨쉬기를 포기하고 붙잡은 생각들을 놓았습니다. 생각을 놓고 나서야 생각들은 나를 바다 밖으로 밀어냈습니다.

우리는 내일을 알 수 없습니다. 하지만, 내일은 오늘이 되고 어제가 됩니다. 내일도 결국은 지나갈 하루입니다. 그것을 깨닫는 데까지 참 오래도 힘들었습니다.

우리 인생은 시험과 같아서

우리 인생은 시험과 같아서, 처음부터 끝까지 문제로 가득하다. 금방 해결되는 것도 있지만, 아무리 오랜 시간을 두어도 해결되지 않는 것들이 있다. 다행인 것은 생각보다 우리 인생은 시간적 여유가 꽤 있다는 것이고, 안타까운 점은 그 시간적 여유를 걱정과 불안으로 채운다는 것이다.

해결되었다고 생각한 문제들이 자주 말썽을 피운다. 차라리 인생도 정해진 시간이 있다면, 나의 답이 맞는 건지, 틀린 건지 알 수 있을 텐데, 시간이 지날수록 우리는 자신감을 잃고, 지난 문제들을 다시 들여다보곤 한다.

우리 인생은 끝없는 시험과 같아서, 어디가 끝인지 모를 만큼 문제가 가득하다. 어쩌면 시험이 아니라 연습 문제 정도라고 긍정적으로 생각해 보려 하지만, 문제들이 건네는 무게감은 꽤 무겁다. 다른 사람 문제엔 괜찮다고, 잘

할 거라고 말하면서도, 나 자신에게 괜찮다고 말하기엔 '괜찮다'는 단어가 어색하기만 하다.

나는 해결하지 못한 문제가 많고, 해결해야 할 문제도 많다. 다만, 그 문제들로 나는 무언가를 배우고 배울 것이다. 지금 나는 친구에게 돈을 빌려주었고 예상보다 오랜 시간 돈을 받지 못하고 있다. 친구가 밉거나 재촉할 생각은 없다. 내가 여유 있는 만큼 빌려주었고, 친구에겐 필요한 돈이었다고 믿기 때문이다. 돈을 빌려준 것을 후회하진 않는다.

후회하지 않는다며 문제라고 하기엔 좀 그렇지만, 이 문제에서 나는 친구와 돈거래는 하지 않는 게 서로에게 좋다는 것을 배웠다. 친구만 아니라, 지인, 가족도 포함될 수 있겠다. 액수를 생각하면 나에게 괜찮다고 말할 순 없지만, 앞으로 내 삶에 이런 감정을 느낄 일은 없을 테니, 무언가 배웠다고 하기에 충분하다고 생각한다.

우리는 문제로부터 무언가를 배운다. 무엇을 배웠는지 구체적으로 설명할 수 없어도, 우리는 분명 무언가를 배운다. 배운 것들이 쌓이면 우린 조금 자신감을 가질 수 있지 않을까. 배운 것들이 쌓이면 우린 피해도 되는 것을 알고 그것들을 피해가지 않을까. 그렇게 우린 살아가는 법을 알게 되지 않을까.

우리 인생은 시험과 같아서, 꼭 100점을 받을 필요는 없다.

같지만 다른 느낌

인간관계에 대한 고민은 우리 모두가 가지고 있습니다. 우리 모두의 평등한 고민인데, 평등하지 않은 사람들의 웃는 얼굴을 보면서 괜히 질투가 나기도 합니다. 미끄러질 만큼은 아니지만, 그들로부터 조금 기울어져 있음을 느낍니다. 그들을 바라보고 함께 하기엔, 자세가 영 편하지 않습니다. 내리막에서도, 오르막에서도, 두 다리에 힘을 주어 버티다 보니, 늘 자리에 주저앉고 싶은 마음입니다. 고민이 그치기까지는 오랜 시간이 걸리겠습니다.

대답은 질문을 따라갑니다

대답은 질문을 따라갑니다. 따라올 대답을 배려하여 천천히 걷는 질문은, 더운 날씨일지라도 따라가기가 그렇게 힘들진 않을 것입니다. 반대로 따라올 대답을 고려하지 않는 이기적인 질문은 따라가는 대답도 이기적으로 만들 것입니다.

질문의 차이가 대답을 다르게 만듭니다. 원하는 대답이 있으면, 어떤 질문이 아니라, 어떻게 질문할지를 고민해야 합니다. 질문은 찾는 것이 아닌 만들어 내는 것이기에, 대답 또한 찾는 것이 아닌 만들어지는 것입니다.

질문을 만드는 것이 어렵다고 생각할 수 있습니다. 하지만, 우리는 어릴 때부터 상대방의 입장에서 생각하는 법을 배웠기에, 그것은 그렇게 하겠다고 마음만 먹으면 어려운 것이 아니기에, 충분히 그런 질문을 만들어낼 수 있습니다.

내가 따라가기 힘든 질문은 당신도 따라가기 힘들 것이고, 내가 따라가기 편안한 질문은 당신도 따라가기 편안할 것입니다. 그렇다고 억지로 꾸며낼 필요는 없습니다. 꾸며낸 질문에는 꾸민 대답이 따라오기 때문입니다.

당신 마음만큼 질문하면 됩니다. 그 사람에게 가지고 있는 마음만큼 질문을 만들어 건네면 됩니다. 질문은 답을 내리기 전에 먼저 건네는 것입니다. 잘 활용하면 나와 당신을 함께 안을 수 있는, 서로의 생각을 알 수 있는 그런 것이 될 것입니다.

질문에 관해 조금 더 이야기하면, 질문을 이루는 단어의 틀이 대답의 모양을 만들어 냅니다. 부드러운 틀에서 나오는 대답은 부드러울 것이고, 모난 틀에서 나오는 대답은 모날 것입니다. 과거를 돌이켜보면, 우리 모두 충분히 공감하리라 생각합니다.

있는 그대로 받아들이는 연습

나는 담배 냄새를 병적으로 싫어한다. 길을 걷다 담배 냄새를 맡으면 기분이 확 상하고, 굳이 담배 피우는 사람을 두리번거리며 찾는다. 그러고는 눈살을 찌푸리고 코앞에 손부채질하며 빠른 걸음으로 그 자리를 뜬다. 속으로 담배 피우는 사람에게 아주 나쁜 말을 하면서.

손부채질하며 빠른 걸음으로 자리를 뜨는 것은 여전하고, 여름이 아니라면 뜀걸음으로 자리를 피하지만, 이제 마음속으로 하는 말은 조금 누그러졌다. 전에는 '아유 사람도 많은 길거리에서 대체 왜 담배를 피우는 거지?'였다면, 이제는 '저 사람은 길거리에 사람이 많아도 담배를 피우는구나.'로. 내 마음에 들지 않는 행동을 하는 사람을 있는 그대로 받아들이고 있다.

우리 인간관계가 그러하다. 이유를 붙여 가며 어떤 사람을 이해하려 해도, 우리는 서로 다른 사람이기에, 모든 것이 퍼즐 조각처럼 딱 들어맞을 수 없다. 누군가는 길에서 담배 피우는 사람을 보더라도 아무 문제가 없다고 생각할 수도 있다. 내 입장에선 이해할 수 없지만, 그 생각 또한 존중하려 한다. 그래서 이제는 있는 그대로 받아들이고 나와 비교하는 연습을 한다.

'저 사람은 거리에 사람이 많아도 담배를 피우구나. 내 가치관에서 저 사람은 배려가 부족한 사람인데, 나는 저렇게 행동하면 안 되겠다.' 이런 식으로.

생각을 떨쳐내는 방법

나는 생각이 참 많다. 고민과 걱정은 덤이고. 돈이나 시간이 많았으면 하는데, 그 대신 생각만 차고 넘친다. 돈은 쓰면 사라지고, 시간은 저절로 지나가는데 생각은 놓으려 해도 도통 방법을 알 수 없다. 이 글을 쓰면서, 그럼 어떻게 하면 생각을 떨쳐 놓을 수 있을까란 생각만 더 하게 되었다.

'어떻게'로 시작해서 '있을까'로 끝나는 수많은 생각이 머릿속에 가득하다. 대부분 놓아 버리고 싶은 생각이지만, 어떻게 하면 행복할 수 있을까라는 생각은 놓고 싶지 않다. 하지만 놓는 방법을 모르기에, 붙잡는 방법도 알 수 없는 현실이 불안하기만 하다.

무엇 하나 놓을 줄 모르기에, 모든 것을 붙잡으려 하는 것은 아닐까. 아, 생각이 하나 더 늘었다.

욕심이 잃게 하는 것

욕심에 대해서 생각해 봅니다. 우리는 없는 것에 아니라 가진 것에 욕심을 가집니다. 없어서 욕심이 생기는 게 아니라, 가진 것에 만족하지 못해 욕심이 생깁니다. 욕심이란 감정을 탓하진 않습니다. 욕심은 행복을 가져오기도, 동기 부여가 되기도 합니다. 그것을 잘 조절하는 법을 배우는 것이 삶이라고 생각합니다.

비 오는 날에는 바람이 함께 날립니다. 바람이 가는 길을 따라 우리는 우산을 뒤로합니다. 우산을 펴고도 이리저리 몸을 돌리며 조금이라도 더 비를 피하려 합니다. 몇 줄기의 비를 받아 낼 여유가 없는 것인지, 몇 줄기에 많이 아팠던 것인지, 어떤 이유가 되었든 당신의 행동을 존중하고 이해합니다.

다만, 우산을 쓰는 것만이 비를 피하는 방법은 아니라고 말하고 싶습니다. 비를 완전히 피하는 방법은 실내 어느 곳에 들어가 비가 그치길 기다리는 것입니다. 우산을 쓰고 서 있겠다면, 비를 완전히 피하겠단 욕심을 조금은 내려놨으면 합니다.

우산을 피해 무릎에 내려앉은 빗방울은 오래 머물지 않습니다. 비가 그치거나, 어디 잠깐 들어가 시간이 지나면 빗방울은 어디론가 떠나고 없습니다. 발자국 하나 없이, 머문 자리를 깨끗이 하고 돌아오지 않습니다.

우산을 쓰고서도 비를 피하려 하기보다, 비 오는 세상은 어떤 모습인지 편안한 마음으로 한 번 살펴봅시다. 비 오는 세상은 어떤 소리를 가지는지 잔잔한 마음으로 한번 들어 봅시다. 이미 가진 것에 욕심을 내려놓고, 가지지 못한 것에 관심을 가져 봅시다. 우리는 이미 가진 것을 가지려 하다 보니, 많은 것을 잃는 건 아닐까 생각해 봅니다.

일단 물어보세요

질문에는 답하기가 쉽습니다. 식사를 예로 들면, '짜장면 먹을래?'라는 물음에는 응 또는 아니라고 대답하면 됩니다. 하지만 이미 결론을 내린 채 건네는 말에는 답하기가 쉽지 않습니다. 짜장면을 먹고 싶었더라도 '당신은 짜장면 먹어'라는 말을 들으면 일단 당황할 것입니다. '그래' 또는 '싫어'라고 답하면 되지만, 왠지 답을 하는 것조차 내키지 않습니다.

모든 말이 마찬가지입니다. 무언가 답을 듣길 원한다면, 나의 생각은 이러한데 당신 생각은 어떠하냐고 묻는 게 좋습니다. 나는 이러해서 이렇게 생각하는데, 당신 생각은 어떠한지 궁금하다고. 차분하고 단단하게 물어보세요. 내 생각이 존중받길 바라는 만큼, 당신의 생각을 존중하는 태도로 물어봐 주세요. 그러면 그도 당신에게 물을 것입니다.

"먼저 여쭤봐 주셔서 감사합니다. 당신의 생각이 그러한 것을 잘 알겠습니다. 하지만 내 생각은 이러합니다. 서로 생각이 다른 이 부분에 대해서 더 대화하고 싶습니다. 괜찮으신가요?"

나도 모르게 상처를 줍니다

책을 힘껏 펼치면 낱장을 붙잡고 있던 책 기둥이 힘을 잃어버립니다. 몇 군데가 갈라지다 틈을 보이고, 시간이 지나면 한 장씩 떨어져 나가기도 합니다. 책을 상하게 하려는 목적으로 힘껏 펼치는 사람은 없습니다. 그런 목적을 가지고 있었다면, 책을 가로로 펼치는 것이 아니라, 세로로 찢었을 것입니다. 아무튼 빨리 읽고 싶었거나 펼침의 너비를 제 손에 맞게 하려 했지, 나쁜 마음은 없었을 것입니다.

우리 인간관계도 이와 비슷합니다. 누군가 받을 상처는 생각하지 못한 채, 나 원하는 만큼 성큼 다가갑니다. 그 사람에게 다가가면서 앞뒤로 흔드는 팔이 나도 모르게 그를 때리기도 하며, 호감을 표하는 물음이 그의 아픔을 건드리는 무례한 질문이 되어 버리기도 합니다.

이를 인지하고 있더라도 우리는 누군가에게 나도 모르게 상처를 줍니다. 시간이 지나면 조심히 펼쳐 읽던 책도 결국 낱장을 놓아 버리듯, 아무리 누군가에게 천천히 다가가고 신경 쓰며 말을 건네도 상처 주는 일이 있을 것입니다. 하지만 너무 걱정할 필요는 없습니다. 조심스레 다가오는 당신을 보며, 맞이할 준비를 차분히 한 그 사람은 당신에게 나쁜 마음이 없다는 것을 충분히 알 것이기 때문입니다.

화를 내는 건 좋지만 화풀이는 싫습니다

'화분에 물 좀 줘라.' 내가 직장에서 가장 듣기 싫어했던 말이다. 화분에 물을 주는 것이야 전혀 힘든 일이 아니었다. 그저 나는 화분에 물을 주러 아침 일찍 일어나 출근한 게 아닌데, 그들은 나에게 화분에 물 주기를 시키려 출근하나 생각하니 기분이 나빴다. 지금 생각해 보면 직장에서 쌓인 스트레스가 별것도 아닌 화분에 물 주기에 표출된 것은 아니었을까 싶다.

하루는 힘든 작업을 끝내고 사무실에 돌아왔는데, 내 책상 아래 몇 개의 화분이 놓여 있었다. 순간 너무 화가 나서 화분을 싱크대 안에 몽땅 넣은 뒤, 뜨거운 물을 틀었다. 차라리 다 죽어 버려서 물을 주는 일을 내게서 지우려 했던 것 같다. 5초 정도 시간이 흐르고, 정신을 차렸다. 나는 일을 시킨 그들에게 화가 난 것인데, 괜히 화분에 있는 꽃들에 화풀이한 것이다. 꽃은 내게 아무런 잘못이 없었는데도 말이다. 얼른 다시 찬물을 틀었다. 그리고 꽃은 들을 수 없으니, 마음속으로 몇 번이나 미안한 마음을 전했다.

화를 내는 건 좋다. 어쩌면 나의 기분을 그들에게 가장 잘 표현할 수 있기에, 그들의 행동과 말을 바꿀 수 있는 좋은 방법이 될 수도 있다. 하지만 아무런 죄도 없는 사람, 동물, 식물 그리고 사물에 화풀이하는 것은 아무런 도움이 되지 않는다. 오히려 화풀이하면서 몸과 마음을 다치게 할 뿐이다. 아무런 잘못이 없는 화분에 꽃을 시들어 죽게 할 뿐이다.

반갑습니다

버스를 탈 때면, 내 뒤로 줄이 아주 길지 않은 이상 기사님께 인사를 건넨다. 언제부터 인사하기 시작했는지는 잘 기억나지 않지만, 어느 날 한 기사님의 반갑고 우렁찬 인사에 기분이 무척 좋았던 것은 기억이 난다. 아마 그 무렵부터이지 않았을까.

반가움은 예상하지 못한 때, 기대하지 않았을 때, 비로소 의미를 가진다. 그리고 그런 반가움은 우리 삶에 꽤 큰 의미가 되어 다가온다. 반가운 인사를 선물 받고 버스를 탄 그날, 창밖 풍경은 유난히 선명하고 부드럽게 흘러갔다. 기분이 좋았고 마음이 따듯했다.

반가운 일들이 많길 바라는 요즘이다. 당신의 오늘 하루에 나의 글이 반갑기를 바라며 마친다.

마치며

Epilogue

부산에서 나고 자랐다. 음악을 좋아했고, 슬픈 노랫말을 들으면 오래 잠겨 있곤 했다. 2년 전까지, 그러니까 책 읽기를 시작하기 전까지 음악에 매달려 살았다. 글이 아닌 가사를 쓰고, 같은 마디를 몇 번이나 녹음하며 시간을 보냈다. 중, 고등학교 강당에서, 대학교 운동장에서, 이태원 클럽에서 공연을 하고, 마지막 공연에서는 펑펑 울었다. 다른 이유가 없다면 마지막 공연일 것을 확신했기에, 혼자 먼저 공연장을 빠져나와야 했다.

여름이 다가오던 날, 서점에 갔다. 책 읽기에는 전혀 관심이 없었는데, 서점은 시원할 거라 생각했을까. 그리 시원하지도 않았지만, 이왕 책들을 만났으니 몇 권을 꺼내 읽었다. 훑어 읽었으니 당연하겠지만, 시집 한 권을 제외하면 제목들이 기억나지 않는다. 시집을 읽으면서, 나도 시를 쓰고 싶다는 생각이 들었다. 꼭 시가 아니어도 되니,

다시 무언가를 쓰고 싶다는 생각이 들었다.

어느새 나는 매일 글을 쓰고 있었다. 글을 써야 하는 사람이 아니었고, 매일 글을 써야 할 분명한 이유도 없었다. 글을 쓰는 게 좋았고, 누군가 내 글을 읽어 준다는 게 신기했고, 내가 책을 쓰게 된다는 건 믿기 힘들었다. 분명하지 않은 이유들이 모여, 나는 매일 글을 쓰겠다고 생각했다. 설득력은 부족했을지라도 추진력은 충분했다.

이 문단을 마치면 책 쓰기는 끝이 난다. 아쉬움이 많이 남는다. 처음 출간 제안을 받았을 때, 머릿속으로 그려냈던 것을 잘 풀어내지 못했다고 생각한다. 하지만 후회는 없다. 내가 써낸 글들이니 나부터 사랑해야 한다. 꽃이 아니어도 아름다운 건, 사람뿐만은 아니겠다.

당신은 꽃이 아니어도 아름답다

1판 1쇄 발행 | 2021년 02월 24일
1판 4쇄 발행 | 2022년 06월 28일

지은이 서미태

발행인 정영욱
편 집 정해나

펴낸곳 (주)부크럼
전 화 070-5138-9972~3 (도서기획제작팀)
이메일 editor@bookrum.co.kr
인스타그램 @bookrum.official
블로그 blog.naver.com / s2mfairy
포스트 post.naver.com / s2mfairy

ISBN 979-11-6214-352-0 (03800)